- Collection "Nocturnes Théâtre" -

41

D1619020

à Maja

Du même auteur

Romans
- *La danse du fumiste.*
  Les Eperonniers, puis Labor («Espace Nord»)
- *Plein la vue.* Les Eperonniers, puis Labor («Espace Nord»)
- *Paysage avec homme nu dans la neige*
  suivi de *Le théâtre et le froid.* Les Eperonniers
- *Tête à tête.* Les Eperonniers

Théâtre
- *Les pupilles du tigre.* Didascalies
- *Convives.* Les Eperonniers
- *Inaccessibles amours.* Théâtre Ouvert, puis Lansman
  avec *Malaga,* puis Lansman en français-néerlandais
- *Malaga.* Lansman avec *Inaccessibles amours*
- *Caprices d'images.* Théâtre Ouvert
- *Moi, Jean-Joseph Charlier dit Jambe de bois, héros de la
  révolution belge.* Cahiers du Rideau
- *A l'ombre du vent.* Lansman
- *Le Royal.* (A paraître chez Lansman)
- *Grincements et autres bruits.* (A paraître chez Lansman)
- *La décision* (A paraître chez Lansman)

Adaptations théâtrales
- *Le marchand de Venise,* de Shakespeare. Lansman
- *Le roi Lear,* de Shakespeare. Cahiers du Rideau
- *Les Bacchantes,* d'Euripide. Lansman
- *L'Odyssée,* d'Homère. Inédit
- *Don Quichotte,* de Cervantès. Inédit

Traductions, avec Maja Polackova
- *Une saison à Paris,* de Dominik Tatarka. L'Aube
- *Le producteur de bonheur,* de Vladimir Minac. Labor

◆

Illustration de couverture : Maja Polackova

D/1998/5438/216   ISBN 2-87282-215-1

- Théâtre -

A l'ombre du vent

Paul Emond

- Lansman Editeur -

Les personnages :

- Catherine
- Jo
- Christiane, sa soeur aînée
- Yvette, sa soeur cadette
- Alex, un voisin
- Albert, un ami de la famille
- Tom, un autre ami
- Mme Irma, une voisine
- Lulu, l'amie de Catherine

Une version scénique à huit comédiens est possible en suprimant le personnage de Mme Irma et les passages spécifiques où elle intervient.

◆

A l'ombre du vent a été écrite dans le cadre d'une initiative commune de l'Institut des Arts de Diffusion de Louvain-la-Neuve et de l'Ecole Nationale de Théâtre de Montréal. Deux groupes d'élèves de dernière année de chaque école, dirigés respectivement par les metteurs en scène Sylvie de Braekeleer (Louvain-la-Neuve) et Gill Champagne (Montréal), ont créé cette pièce - de même que *Par les temps qui rouillent*, de Francis Monty (Québec) - en mars 1998 au Monument National à Montréal. Les quatre mises en scène seront ensuite présentées en Belgique, en août et septembre 1998, au Festival de Spa et aux «Premières Rencontres» du Théâtre de Poche à Bruxelles.

L'ensemble de l'activité a été rendue possible grâce à l'Agence Québec/Wallonie-Bruxelles pour la Jeunesse ; au Commissariat Général aux Relations Internationales et au Service de la Promotion des Lettres Belges, du Livre et de la Langue de la Communauté Française de Belgique ; au Ministère des Relations Internationales du Québec et aux Arts Du Maurier (fondation québécoise).

1.

La scène reste plongée dans la pénombre. On entend Yvette qui chante.

> Tout derrière le ciel
> A l'ombre du vent
> Galope une belle
> Sur un cheval blanc
>
> Je sais que celui
> Qui l'aime à mourir
> Partout la poursuit
> Sur son grand navire
>
> Au clair de la lune
> Moi j'ai vu sa voile
> Que l'amour consume
> Au feu des étoiles
>
> Mais la cavalière
> Galope toujours
> Quand dans la bruyère
> S'en revient le jour

La lumière monte.

Yvette : Depuis que j'étais toute petite, j'adorais chanter. Je fermais les yeux, j'oubliais mes jambes mortes. C'est si beau, le chant, ça donne des ailes. Un jour, une voix me dirait : "Lève-toi et vole." Et j'imaginais que je me lèverais et que je volerais. J'imaginais aussi la tête de Christiane.

Christiane : Mais Yvette, tu voles !

Yvette : Bien sûr que je vole, Christiane. Tu ne le savais pas ? Tu vois, on ne peut pas tout savoir.

Christiane : Rentre vite, tu vas prendre froid.

Yvette : Christiane voulait toujours tout savoir. C'est parce qu'elle était l'aînée. Les soeurs aînées veulent toujours tout savoir.

Jo : C'est comme le jour où j'ai ramené Catherine. Interrogatoire en règle.

Christiane : C'est qui ? Elle n'est pas d'ici, d'où vient-elle ? Comment la connais-tu ? Depuis longtemps ? Pourquoi n'avais-tu rien dit ? Pourquoi a-t-elle si peu de bagages ? Tu es vraiment amoureux ? Tu es vraiment amoureux, cette fois-ci ? Est-ce qu'elle va rester longtemps ? Pourquoi est-elle si belle ?

Jo : Elle est tellement belle, qu'elle va rester toute la vie. Quand j'ai répondu ça, Christiane en a bégayé.

Christiane : Mais Jo...

Jo : Pour le lui clouer, je le lui avais cloué. J'adore clouer le bec à Christiane.

Yvette : C'est vrai qu'elle était tellement belle, Catherine. Surtout quand elle riait. Quand elle riait, elle était tellement belle que j'avais envie de pleurer.

Christiane : Fais attention à toi, Jo. Je sais ce que je dis.

Jo : Voilà bien ma grande soeur. Toujours la trousse de secours à portée de la main. Le bonnet d'infirmière vissé sur la tête. Qu'est-ce qu'elle imaginait ? Avec Catherine, ça se passait au paradis. Pas aux urgences de l'hôpital.

Catherine : On ne se quittera jamais. Tout, tout avec toi. Tu es mon feu, Jo. J'ai tellement besoin de me brûler. Si on n'a pas la fièvre, à quoi ça sert de vivre ? Dis-moi qu'on va se consumer ensemble, jusqu'au bout. Dis-le-moi. Dis-le !

Jo : Bien sûr qu'on va se consumer ensemble, Catherine.

Catherine : Jusqu'au bout. Dis-le !

Jo : Jusqu'au bout.

Catherine : Ou exploser, exploser ensemble. Dis-le !

Jo : Exploser, j'adore. Bang !

Catherine : N'en ris surtout pas, mon grand amour. Un jour, j'ai trouvé mes parents dans leur lit. Ils ne bougeaient plus, la main dans la main. Ils n'ont pas voulu que l'un survive à l'autre.

Jo : Pourquoi tu ne m'avais jamais raconté ça ?

Catherine : J'attendais le moment propice. Regarde-moi dans les yeux.

Jo : Quand je te regarde, la terre devient trop petite. Je me roule dans les étoiles.

Catherine : Dans un an, je serai morte, Jo.

Jo : Je refuse catégoriquement que tu dises ça.

Catherine : C'est comme une voix secrète. La nuit, elle me réveille en sursaut. J'ai froid, brusquement. Serre-moi fort, Jo, serre-moi fort.

Christiane : Fais attention à toi, Jo. Je sais ce que je dis.

Yvette : Depuis que notre mère était morte, Christiane jouait à être notre mère.

Christiane : N'avais-je pas promis aux parents que je m'occuperais de vous ? Une promesse est une promesse. Et puis, il faut bien que quelqu'un assume. Si personne ne tient les rênes, c'est l'anarchie. Elle est grande, la maison des collines. Il y faut un peu d'ordre. Déjà qu'elle tombe presque en ruine. Vous, vous ne pensez à rien. Si on avait un peu d'argent, il serait urgent de refaire la toiture.

Alex : Quand Christiane n'en pouvait plus, elle faisait de la pâtisserie. Ça la soulageait, disait-elle. Ou elle partait galoper pendant des heures. Mon petit manège n'était pas très loin de chez eux. Quand je la voyais arriver, ça me cognait à l'intérieur. *(A Christiane)* Alors, ton frère ? Toujours ses pinceaux ? Je l'ai croisé l'autre jour. Les artistes, ce n'est même pas capable de dire bonjour.

Christiane : Laisse-le, Alex. Jo est préoccupé.

Alex : Et moi, je ne suis pas préoccupé, peut-être ? Mais quand il a besoin d'argent, il se rappelle mon existence. Tu en prends trop sur les épaules, Christiane. Tu dois aussi penser à toi.

Christiane : Jo t'a emprunté de l'argent ? Quand ? Beaucoup ? Pourquoi est-ce qu'il ne m'a rien dit ?

Alex : Plusieurs fois. Il a oublié de me rembourser. Mais il est si préoccupé.

Christiane : Un jour, il deviendra un grand artiste, tu verras.

Alex : Moi, je n'y connais rien. Mais la peinture de Jo, pour ce que j'en ai vu, jamais je n'accrocherais ça chez moi.

Christiane : Jo est amoureux.

Alex : Grande nouvelle !

Christiane : Cette fois, c'est sérieux. J'ai peur pour Jo. Catherine a le regard trop fixe.

Alex : C'est toi qui prends ton frère beaucoup trop au sérieux.

Christiane : Qu'est-ce que tu peux comprendre à ça, Alex ?

Alex : Rien, bien sûr.

Christiane : Toi, tu as tes chevaux. Moi, j'ai Jo.

Yvette : Jo, tout ça l'arrangeait. Jo, c'était un enfant. Un enfant gâté de vingt-cinq ans. Mais moi, Christiane, elle me fatiguait. Un jour, je n'aurais plus besoin d'elle. "Lève-toi et vole." Je me lèverais et je m'envolerais. Adieu, la maison des collines, adieu, Christiane. Tes tartes et tes gâteaux, j'en ai mangé jusqu'à l'écoeurement. Parfois, souvent, je rêvais qu'Albert tombait amoureux de moi. Mais, cet été-là, Albert était désespéré. A cause de l'histoire avec Amélie.

Albert : Je me disais : "J'aurais mieux fait de ne pas exister." C'est vrai ; j'avais toujours porté la guigne aux autres. Et ce qui était arrivé à Amélie, c'était le bouquet. J'avais sa mort sur la conscience.

Tom : Non, non et non, Albert. Aère, je te dis, aère ! Tu n'as pas le droit de parler comme ça. Christiane m'a tout raconté, tu n'y es pour rien. C'est un accident et rien d'autre. Amélie a pris ses responsabilités. Ce n'est pas toi qui lui as demandé de courir. Elle aurait été aussi vite avec le métro.

Albert : Le métro, pour un oui, pour un non, il se met en grève. Amélie le savait bien. Alors elle a préféré courir. Et je lui ai porté la guigne.

Christiane *(au téléphone)* : Trop grosse, je te dis. Elle n'aurait pas dû courir, Tom. 90 kilos à porter, c'est pesant, surtout quand on court. Mais elle a couru. Elle voulait empêcher Albert de partir. Albert lui avait téléphoné au bureau.

Albert *(au téléphone, à Amélie - flash-back)* : J'en ai marre de toi, je pars.

Christiane *(au téléphone)* : Amélie avait crié : "Non, ne pars pas, attends-moi, on va s'expliquer."

Albert *(au téléphone - flash-back)* : Non, je ne t'attends pas, je te dis que j'en ai marre de toi, je pars. Je fais ma valise et dans dix minutes, je suis parti. Adios.

Christiane *(au téléphone)* : Alors, elle a couru comme une folle. Et à quelques mètres de chez elle, elle s'est écroulée net. Crise cardiaque. Morte sur le champ.

Yvette : Le plus idiot, c'est qu'en faisant sa valise, Albert avait changé d'avis.

Albert : Brusquement, je me suis dit : "Bon, d'accord, on va essayer de s'expliquer. Après tout, il nous reste une chance. Autant la saisir." Seulement voilà, pas de chance.

Jo : Quand Amélie est morte, Christiane a dit à Albert : "La maison des collines est grande, viens habiter chez nous. Au moins le reste de l'été. Ça te changera les idées. Après, tu verras." Moi, je n'avais rien contre. Albert, il m'amusait plutôt, avec toutes ses histoires.

Christiane *(toujours au téléphone)* : Et toi, Tom ? Tu as vendu des tableaux de Jo ? ... Mais qu'est-ce que tu attendais pour le dire ? Magnifique ! ... Cher ? ... Bien ! ... Oui, Jo travaille un peu. Enfin, quand Catherine lui en laisse le temps. ... Bien sûr, Tom, tu viens voir quand tu veux. Tu sais bien que tu viens quand tu veux.

Yvette : Christiane mentait, Jo ne travaillait pas du tout. Albert, lui, il était à peine installé chez nous qu'il s'était mis à écrire. Il écrivait sa vie, ni plus ni moins.

Albert : Un cas comme le mien, il faut avouer que c'est rare. Vous en connaissez beaucoup, qui portent la guigne aux autres avec cette régularité ? Je couche ça par écrit. Mon témoignage vaudra de l'or.

Yvette : Il y passait la plus grande partie de son temps. Il aurait mieux fait de le passer avec moi. Quand on était ensemble, j'essayais de l'hypnotiser. Il avait peur de mon regard, il l'évitait. Mes yeux sont très doux, pourtant. Même s'il arrive que l'enfer y repose. *(A Albert)* Et si tu jouais au combat nuptial avec moi ? C'est comme au jeu de l'oie. Sauf qu'on doit sauter en même temps à la dernière case. A l'autel où le prêtre nous marie. Le plus beau jour de notre vie.

Albert *(poursuivant sa réflexion comme s'il ne l'entendait pas)* : Déjà à mes parents, je portais la guigne. Quand mon père allait à la pêche, ma mère disait : "Prends le petit avec toi." Mon père râlait : "Alors là, je suis sûr de ne rien prendre. Le petit, c'est recta, il fait fuir le poisson." Ma mère insistait : "Prends le petit avec toi, je te dis. Il a besoin d'air, regarde comme il est pâlichon." Alors, mon père devenait tout rouge, et même rouge sang. Il se mettait à crier : "Il n'est pas question qu'il vienne ! Il n'en est pas question, tu m'entends !" Alors, ma mère ne répondait rien. Elle tendait à mon père mon manteau, mon écharpe et mon bonnet. Puis elle s'enfermait dans la salle de bain en claquant la porte. Et je partais avec mon père et, de toute la journée, il ne prenait même pas un petit goujon.

Yvette : Evidemment, c'est plein de pièges et de retards, et même de retours à la case départ. Par exemple, sur cette case-là, éruption de boutons sur le visage. Tu retombes très bas, tu attends trois tours. Là, on t'engage pour un téléfilm, tu commences une carrière de star. Ça nous fait décoller tous les deux mais une starlette veut te séduire. Je reste bloquée, sauf si tu découvres qu'elle n'est qu'une arriviste. Et là, nous nous embrassons pour la première fois. On avance de dix cases. Puis, saut dans l'azur, on s'envole jusqu'aux fiançailles.

Albert *(poursuivant toujours)* : D'ailleurs, un jour, mon père en a eu sa claque et on est rentrés plus tôt et on a trouvé ma mère au lit avec l'oncle Bob, le frère de mon père, et les deux frères se sont mis à se taper dessus et ma mère est partie et on ne l'a plus jamais revue. Amélie, tout compte fait, je l'aimais bien. Seulement voilà : elle a succombé à la fatalité de la guigne que je porte à tous et à chacun. J'ai hésité à venir m'installer dans la maison des collines. Et j'ai eu tort d'accepter, sûrement que j'ai eu tort. Parce que je vais y apporter la guigne.

Alex *(en contrepoint)* : Jo irait chercher fortune ailleurs. Il en parlait de temps à autre.

Jo *(en flash-back)* : Une région pourrie, ces collines. Il n'y a que toi, Alex, pour aimer ça.

Alex *(en flash-back)* : Il suffit de vouloir une vie un peu simple. Et tranquille, Jo.

Jo *(toujours en flash-back)* : La tranquillité, je te la laisse. Moi, je veux regarder haut. Aller jusqu'au vertige, peu importe comment. Qu'est-ce que tu peux trouver à soigner tes chevaux du matin au soir !

Alex *(toujours en contrepoint)* : Eh bien, qu'il aille le découvrir ailleurs, son vertige. Pour la petite infirme, on trouverait une institution. D'ailleurs, Christiane n'arrêtait pas de s'en plaindre. Une sournoise, disait-elle. Et moi, je rachèterais la maison. Seulement voilà, ce rêve-là, c'est Christiane qui en détenait la clé.

Yvette : Maintenant, attention, Albert : la case noire à éviter à tout prix. Tu me trouves dans le lit d'un de tes meilleurs amis. Tu es traumatisé à mort et éliminé du jeu. Albert, pour notre voyage de noces, on ira où tu voudras. Mais promets-moi qu'on prendra l'avion. Ou une montgolfière. Une montgolfière, Albert, ce serait sublime.

Tom : Christiane, ta pâtisserie, magnifique ! Jo, où est Jo ? Tu m'as dit qu'il travaillait ?

Christiane : Jo et Catherine se sont enfermés dans leur chambre. Défense de déranger. On ne les a plus vus depuis hier matin.

Tom : Si Jo ne peint pas, je n'ai rien de lui à vendre. Il peut se mettre ça dans la caboche ?

Christiane : Jo, tu le connais. Il séduit, il est séduit. A ce moment-là, il n'y a plus que ça qui compte.

Tom : Et encore deux pigeons qui s'aiment d'amour tendre. Le premier s'esquinte jusqu'à l'os, le second jusqu'au trognon. Il est grotesque, l'ami Jo. Et il n'a pas les yeux en face des trous. Moi, je n'ai pas besoin de lui, c'est lui qui a besoin de moi. Parce que j'ai aussi d'autres poulains. Jo devrait se mettre ça dans la caboche. Moi, je dis : "Il a de la chance de t'avoir, Christiane." Elle l'aime, elle l'aime, son petit frère. Christiane est irritée mais elle supporte tout.

Christiane : Pas tout, Tom. Beaucoup mais pas tout.

Tom : Christiane, c'est la femme qu'il me faudrait, tiens.

Christiane : Quand tu veux, Tom.

Tom : Quand je veux et si je veux ! Le grand amour ? Tu crois ça, petite tête ? Mais qu'est-ce que j'en ferais du grand amour, hein ? Reste ma grande amie, Christiane. Tout compte fait, c'est mieux comme ça.

Yvette : Une vraie cruche, ma soeur. Elle détournait la tête sans répondre. Moi, à sa place, j'aurais habilement tendu mes filets. En amour, un chasseur doit savoir chasser.

Albert : Tom était bien la seule personne qui croyait en la peinture de Jo. Il parvenait même à en vendre. Tom était capable de vendre n'importe quoi. Ou presque.

Christiane *(à Albert)* : Tu devrais prendre exemple sur lui. Sors de tes papiers, sors de ta chambre. Est-ce que tu fais au moins des projets d'avenir ?

Albert : Plus j'écris, plus j'en découvre. Vous voulez savoir ce qui est encore arrivé à mon père à cause de moi ? Une histoire incroyable et phénoménale. Je suis sûr que vous ne me croirez pas.

Tom : Pas maintenant, Albert ! *(A Jo qui se montre)* Considère la situation bien en face, Jo. Depuis que Catherine a atterri dans ta vie, tu n'as plus pris un pinceau.

Albert : De toute façon, je note, je note. Je vais appeler ça : "Le bousilleur". Un bon titre, non ?

Tom *(toujours à Jo)* : Tu veux te suicider ? Disparaître dans le néant ? Je me bats pour imposer ton nom. Je me crève pour fourguer tes toiles par-ci, par-là. Un hôtel qui en achète quinze d'un coup pour décorer ses chambres, tu connais beaucoup d'agents qui te trouveraient ça ? Et tu ne mets plus les pieds dans ton atelier ? Tu te moques de moi ? Quand je pense que tu as du talent à revendre !

Jo : Plus tard, après, dans une autre vie ! Pour l'instant, je m'occupe de Catherine. Tu sais bien que ma peinture, ce n'est pas sérieux. Du tape-à-l'oeil, de la frime. Le talent, c'est autre chose.

Tom : Pauvre petite cervelle de pigeon pollueur et encrotteur ! Tu n'as pas le droit de commettre un tel gâchis. Réfléchis, bon sang ! Bon, pas que ça à faire. Salut la compagnie.

Yvette : Au revoir, Tom.

Jo : J'ai haussé les épaules. Gâcher quoi ? Je refusais catégoriquement d'écouter encore ce genre de leçon.

Yvette : Pour Tom, ma très humble personne n'existait évidemment pas.

Jo : La peinture, moi, j'en avais jusque là. Mais ils insistaient tous, même Catherine s'y est mise.

Catherine : Mon portrait, Jo. Je voudrais que tu fasses mon portrait.

Jo : Ah bon.

Catherine : Je voudrais tellement que tu fasses mon portrait.

Jo : Eh bien soit, je me suis mis à faire son portrait.

Catherine *(posant pour Jo)* : Je me sens plus nue à chacun de tes regards. Comme si tu me dépiautais. Je suis dévorée, dépossédée. Je brûle.

Jo : Tu déclames un peu trop, Catherine.

Catherine : Comment ça, je déclame ? Jo, je voudrais un deuxième tableau, un troisième, un quatrième. Je veux être éparpillée sur tes toiles.

Jo : Est-ce que tu sais combien de milliers de mauvais peintres ont peint la femme qu'ils aimaient ? Belle, laide, grosse, squelettique, verte, rouge, bleue ? Est-ce que tu sais combien de croûtes à côté de la Joconde ou des femmes de Picasso ? Et voilà, ça ne vaut rien, et rien et rien ! On arrête pour aujourd'hui. On arrête pour de bon, Catherine. Est-ce que tu sais ce que c'est, la conscience d'être un piètre artiste ? De n'être qu'un suiveur, de n'être qu'un n'importe quoi. Ne pas parvenir à sortir de soi ce que l'on voudrait, comme on le voudrait. Faire de la peinture pour décorer des chambres d'hôtel ! Demande-moi tout ce que tu veux mais pas ton portrait. C'est toi qui m'intéresses, pas le barbouillage que je peux faire de toi.

Catherine : Montre. Allez, montre ton barbouillage.

Jo : Jamais. Je refuse que tu voies ça, n'approche pas.

Catherine : Montre, je suis sûre que c'est magnifique.

Jo : Je refuse, je te dis !

Catherine : Mais pauvre idiot, qu'est-ce qui te prend ?

Jo : Catherine, je te défends catégoriquement de toucher à ça.

Albert : Ils se sont mis à crier, puis à vociférer. D'un seul coup, ça m'a rappelé mes disputes avec Amélie. Avec Amélie, il y avait beaucoup de disputes mais aussi le reste. C'est quand l'autre n'est plus là qu'on y pense.

Tom : Arrête, Albert, je vais pleurer ! Vous êtes tous les mêmes, avec vos histoires d'amour. Vous polluez à gauche, vous polluez à droite. Vous pompez l'air, il n'y en a que pour ça. Je vais au cinéma ? De l'amour. Je vais au théâtre ? De l'amour. Je lis un roman ? De l'amour. Moi, c'est bien simple, je ne lis plus de roman, je ne vais plus au cinéma et encore moins au théâtre. Est-ce que tu te rends compte que pour montrer l'amour, le grand amour, on n'a rien trouvé de mieux que le pigeon et sa femelle ? Tu as vu Venise, ce que les pigeons en ont fait ? Et dire qu'il y a des gens pour nourrir de pareils volatiles. Elle en fait de belles, l'humanité.

Albert : Qu'est-ce que Tom pouvait comprendre à la guigne ? Et à ma vie avec Amélie ? A croire que c'est imprimé sur mon front. Il y en a qui ont des oreilles décollées. Il y en a qui rient tout le temps. Il y en a qui attrapent tout de suite des coups de soleil. Eh bien moi, je porte la guigne.

Yvette : L'histoire du portrait, c'était la première dispute de Jo et de Catherine. Enfin, leur première dispute sérieuse. Catherine a boudé pendant trois jours. Jo n'a plus remis les pieds dans son atelier. Il restait assis dans le jardin, il regardait le ciel et les nuages. Un après-midi, Catherine est descendue avec une robe que je ne lui connaissais pas. Une robe toute de dentelle, on l'aurait dite sortie d'une armoire d'il y a deux siècles.

Christiane : Avec cette robe, Catherine avait surtout l'air d'une poupée un peu ridicule. Je sais ce que je dis.

Catherine : Yvette, tu as vu ? Ma grand-mère me l'a offerte quand j'avais quinze ans. Un jour, elle l'avait portée pour séduire un beau ténébreux. Il était mort d'amour et de chagrin quelques mois plus tard. Un seul regard et c'en sera fait de lui. *(Elle s'approche de Jo)* Vous pourriez, monsieur, m'inviter pour la valse. Ou, à la rigueur, pour un tango.

Yvette : Et elle s'est mise à tourner et à faire virevolter sa robe. Elle était tellement belle que j'en avais les larmes aux yeux. Jo a fait semblant de regarder ailleurs. Et puis, bien sûr, il a craqué. Il s'est levé, il l'a prise dans ses bras. Et ils ont dansé en silence très lentement et très longtemps. Peut-être allaient-ils se glisser par la fenêtre et danser dans le ciel, comme des amoureux de Chagall. Et moi, je me sentais seule et laide comme un gros crapaud. Christiane est entrée. Elle tenait sur un plateau une tarte encore fumante qu'elle venait de cuire. Elle les a observés tous les deux sans rien dire, en tenant sa tarte. J'ai vite essuyé mes larmes pour qu'elle ne voie rien.

Jo : Ce soir, on fait la fête. Sommelier, du vin et du meilleur !

2.

Albert : Le vin était très quelconque mais on a bu toutes les bouteilles. J'ai noyé le reste de mon chagrin. J'ai revu Amélie qui courait, qui s'écroulait, qui m'appelait. Mais moi, je ne bougeais d'un pouce. A la fin de la soirée, la petite Yvette est venue glisser sa main dans la mienne. Ou j'ai rêvé ? Pauvre gosse. Catherine et Jo souriaient aux anges. On aurait dit des adolescents timides qui se serraient l'un contre l'autre pour la première fois de leur vie et qui n'osaient plus se lâcher.

Yvette : Je me suis approchée d'Albert, j'ai mis ma main dans la sienne. Mais oui, Christiane. J'ai pris la main d'un homme et je l'ai mise dans la mienne. Il n'a pas dit un mot, il regardait dans le vague. Moi, je me ressentais comme une douce euphorique. Mais brusquement Albert s'est détaché. Il s'est levé en titubant et il est parti se coucher. La prochaine fois, j'enduirai ma main de colle... Je suis restée la dernière, j'ai regardé les étoiles. Et j'ai chanté, pour moi toute seule. A tue-tête et jusqu'à épuisement total.

Jo : La veille, Christiane était furieuse. Elle répétait que j'avais acheté beaucoup trop de vin. Que je ne me rendais pas compte, que je jetais l'argent par les fenêtres.

Christiane : Absolument, Jo. On voit bien que ce n'est pas toi qui tient les comptes.

Jo : Ça ne l'a pas empêché de boire et pas un peu. Ce n'était pas dans ses habitudes. Mais il paraît que Tom n'avait pas voulu rester. Tristesse profonde !

Tom : Toi, Jo, dès que je me pointais, tu courais te cacher. Aux abonnés absents, l'artiste.

Jo : Je sais, je sais, le travail, ma carrière, mon génie ! La paix, à la fin !

Christiane : Mais Jo...

Tom : Christiane, ta pâtisserie, magnifique !

Christiane : Une nouvelle recette de charlotte aux amandes. Elle te plaît vraiment ? Je t'en ressers.

Tom : Jo, il suicide son talent. Et il se suicide tout court.

Christiane : Tu ne restes pas un peu, Tom ? Tu viens à peine d'arriver.

Tom : Pas que ça à faire, ma belle. Je gagne ma vie, moi. Que Jo me téléphone. Que Jo me téléphone vite, tu entends ? J'insiste.

Yvette : Christiane avait reconduit Tom jusqu'à sa voiture. Quand elle était revenue, elle avait les yeux rouges. De plus en plus cruche, ma sœur.

Catherine : Tu sais, Jo, Tom, l'autre jour, il m'a coincée entre deux portes. Il m'a traité de rose vénéneuse. Il me soufflait dans le cou. Il a ajouté : "Une rose vénéneuse, mais une jolie rose. Tu es avec moi ou contre moi ? Si tu es avec moi, ton Jo, pique-le pour qu'il travaille."

Jo : Ah bon.

Tom : Je vais vous le dire, moi, comment elle était, la Catherine. Elle s'était collée à moi, la jolie rose. Elle m'avait mis les bras autour du cou et murmuré dans l'oreille : "Je suis tout contre toi." Un corps brûlant, et un de ces sourires ! Moi, sur le coup, vous pensez, j'ai essayé de la retenir. On n'est pas du bois, tout de même. Peine perdue, elle a filé comme une anguille. La garce !

Mme Irma : Faire le ménage chez ces gens-là, c'est débarquer dans l'apocalypse. Partout des bouteilles, des assiettes sales, des cendriers pleins, des détritus. Et Yvette dans sa chaise roulante, qui dormait au beau milieu. Moi, pourtant, je n'ai rien contre l'amusement. Mais les êtres qui ont de l'éducation devraient aussi avoir de la tenue. Même quand ils s'amusent. ... Mademoiselle Yvette ! Mademoiselle Yvette ! Allez vous mettre au lit, vous serez mieux, vous ne croyez pas ? Si votre pauvre père était encore là pour voir ce que je vois, vous en entendriez de belles ! ... Tout le monde dort ici ? C'est comme mon Frédéric, pas rentré de la nuit. Mon Frédéric, il devait pourtant aller travailler, ce matin. Allez savoir où il traîne ! Et avec quel genre de créature ! Autant que je ne voie pas qui c'est, je m'attends au pire.

Yvette : J'ai vu Mme Irma rester la bouche grand ouverte, parce que Catherine était entrée quasi nue. Elle était comme ça, Catherine. Elle avait ses aises et ses habitudes, elle ne se gênait pour rien. Belle comme elle était ! Elle a souri à Mme Irma et lui a demandé de faire du café. Puis elle a bu son café tout à l'aise, elle s'est étirée. Derrière son dos, Mme Irma lui a tiré la langue.

Catherine : Je vais me recoucher. Je veux avoir un enfant. Je vais dire à Jo de me faire un enfant.

Christiane : Qu'est-ce qui m'a pris de boire autant ? Je suis honteuse, Yvette. Hier, j'ai dit à Tom des choses que je n'aurais pas dû lui dire. Qu'est-ce qu'il va penser maintenant ? Et après, j'ai bu tout ce vin. Je n'en peux plus, je n'en peux plus. Vous croyez tous que ça va continuer comme ça longtemps ? Et toi, ces derniers temps, c'est à peine si tu m'adresses la parole. Qu'est-ce que je t'ai fait ?

Yvette : Mais rien, rien du tout.

Christiane : Je sais bien que je devrais plus m'occuper de toi. Je sais bien que tu restes seule trop souvent. Je devrais prendre du temps pour te dorloter. On devrait faire des choses ensemble, se parler.

Yvette : Mais je n'ai rien de spécial à te dire.

Christiane : Tu es sûre que tu vas bien ? Tu ne manques de rien ? Dis-moi au moins que toi, tu vas bien.

Yvette : Mais oui, je vais bien.

Christiane : Tu ne dis pas ça parce que tu veux me faire plaisir ?

Yvette : Mais non, je ne veux pas te faire plaisir.

Christiane : Je crois que je vais aller jusqu'au manège. Ça ne fait rien, si je te laisse là et que je vais jusqu'au manège ?

Yvette : Longtemps, j'avais cru qu'un jour viendrait où elle me parlerait. Où elle me parlerait vraiment. Où elle me dirait des choses, n'importe lesquelles mais qu'elle me dirait pour me dire qu'elle m'aimait. Oui, longtemps j'avais cru ça. Et, un jour, j'ai cessé de le croire.

Jo : Catherine veut un enfant. "Fais-moi un enfant", qu'elle me dit ! Vous me voyez avec un enfant ? Moi pas. Christiane, sois franche, tu n'aimes pas Catherine, hein ? Dis-le, que tu ne l'aime pas, vas-y !

Christiane : Ce n'est pas que je ne l'aime pas, Jo. Mais on ne sait jamais dans quel univers elle vit. L'autre jour, elle a voulu m'aider à faire de la pâtisserie. Elle a tout laissé brûler. Plongée trop profond dans son livre, a-t-elle dit pour s'excuser. Après, j'ai regardé. Elle n'avait pas avancé d'une page, le signet était toujours à la même place.

Jo : Comment savais-tu où était le signet avant ?

Christiane : Je le savais, c'est tout.

Jo : Christiane qui connaissait le niveau de la bouteille de cognac. Qui savait exactement quand notre mère avait été boire en cachette. Qui avait reniflé la liaison secrète de papa avec une voisine. Foutaises.

Christiane : Tu es naïf, Jo.

Jo : Tu n'as jamais pu dire de qui il s'agissait.

Christiane : J'ai vu des petits mots glissés sous la porte. J'ai entendu des phrases chuchotées au téléphone. Les colères et les pleurs de notre mère.

Jo : Foutaises, je dis. Viens câliner ton petit frère. Les câlins d'une grande soeur, c'est irremplaçable. Tu le sais bien.

Yvette : Mais moi, Jo, je l'aimais beaucoup, Catherine. Je rêvais de lui ressembler. Etre belle comme elle. Avoir les hommes à mes pieds. Laisser des traînées de parfum partout où je passais. Je me regardais dans le miroir. J'imaginais que j'avais son visage. Et son corps. Et ses jambes, ses longues jambes élancées.

Catherine : Ne me regarde pas avec ces yeux-là. Je sais ce que tu penses, petite fille. Tu penses que j'ai trop de chance. Tu penses que je suis belle et que je n'ai qu'à me baisser pour ramasser le bonheur. Parfois, je pense ça, moi aussi. Je me serre très fort contre Jo et je me dis : "Je suis heureuse". Seulement le bonheur, dès qu'on imagine le tenir, ça vous fond dans les doigts. On croit qu'on est heureux et déjà on s'ennuie. Alors, j'ai envie de prendre un fouet et de frapper, de frapper ! N'importe qui, n'importe quoi, n'importe où ! Ou de crier : "Ça ne suffit pas, il faut m'aimer plus, encore, encore plus !"

Mme Irma (*comme en écho*) : La créature que mon Frédéric a ramenée, c'est du même genre. Voilà que je rentre, elle se maquillait devant la glace. Une heure que ça a duré. "Arrête ça", j'ai dit, "il n'y a pas que ça dans la vie." Elle n'a pas répondu. "Tu pourrais lui dire de me répondre", j'ai dit à mon Frédéric. Il s'est mis à crier : "Ça suffit ! Ça suffit, maintenant !" J'ai d'abord cru que c'était sur elle qu'il criait. Mais non, c'était sur moi. Sur sa propre mère ! Et l'autre, devant la glace, qui ne faisait même pas attention, qui ne disait rien, qui continuait à se peinturlurer. Moi, je tremblais d'indignation. Mon fils à moi, mon Frédéric ! Et voilà qu'il m'entraîne dans la cuisine : "Mais maman, est-ce que tu ne vois pas que je l'aime, que je ne l'aimerai jamais assez !" "Tu ferais mieux d'en aimer une qui fait moins la guenon devant son miroir", que je lui dis. Ils sont partis en claquant la porte.

Yvette : Parfois, souvent, Catherine et Jo se chamaillaient.

Albert : Catherine provoquait Jo. Sans raison.

Catherine : Jo m'énerve. Et, aujourd'hui, il est particulièrement laid. Vous avez vu l'éruption de boutons qu'il a sur le visage ?

Albert : Elle tournait autour de lui comme une mouche en colère. L'été pesait sur les collines. Le climat était trop lourd, c'est sûr.

Jo : Elle veut un enfant, rien que ça. Que je lui fasse son portrait et que je lui fasse un enfant. En somme, tout ce que je ne veux pas faire. En tout cas, pas trop. Pas tout de suite, comme on dit poliment.

Catherine : Imagines-tu à quel point le monde est plein de rencontres, Jo ? Un monsieur un peu mystérieux et très élégant dans un salon de thé. Un athlète au regard presque brutal. Un homme d'affaires qui chaque matin vous fait porter douze douzaines de roses. Un guide de montagne grand et maigre qui vous propose de longues randonnées. Un jeune homme pâle qui vous dévore de ses yeux fiévreux. Un chauffeur de taxi qui provoque un accident, parce qu'il est troublé par les mots équivoques que vous lui chuchotez ?

Jo : Oui, et alors ?

Catherine : Un archange aux ailes lumineuses qui vous conduit dans la galaxie ? Je mérite bien tout ça, tu ne crois pas ? Comment veux-tu que de tels désirs puissent rester sans réciprocité ? Jo, tu m'écoutes, Jo ? Ce n'est pas que tu ne me plaises pas, tu comprends, Jo ?

Jo : Je comprends, je comprends.

Catherine : Et si on allait faire un tour en voiture, Jo ? On est tellement seuls ici, Jo. Allons jusqu'à la ville, Jo.

Jo : Arrête de répéter mon nom, c'est ridicule.

Catherine : On y va, Jo ? Ou je pars sans toi, Jo ?

Christiane : J'ai eu envie de crier : "Fiche le camp, Catherine, fiche le camp ! On a assez de problèmes comme ça. Tu ne vois pas que plus rien ne va, ici ?" Mais Jo ne l'aurait jamais pardonné. Et il ne se défendait même pas. Un autre aurait ri ou haussé les épaules. Lui se recroquevillait comme un chien battu. Parfois, il ripostait quand on ne l'attendait plus. Avec violence. Ce jour-là, il s'est levé, il a pris les clés de la voiture. Il a simplement dit : "On y va."

Albert : Un peu plus tard, on a entendu crier dans le chemin devant la maison. C'étaient eux qui revenaient. A pied. C'est là que j'ai compris que j'aurais dû me barrer depuis longtemps. Ne pas leur porter la guigne.

Catherine : Il a voulu me tuer ! Il a dit : "Je vais te tuer !" Et il a donné un coup de volant pour m'envoyer dans le ravin.

Jo : Un fossé, pas un ravin. Est-ce que j'ai la tête d'un tueur ?

Catherine : Il a voulu me tuer. Un lâche ! Rien qu'un lâche ! Je ne lui ai rien fait moi, je l'aimais, c'est tout !

Jo : J'ai dit : "Je vais te tuer", comme on dit n'importe quoi. Tu m'avais mis en colère.

Catherine : Vous l'entendez ? Vous l'entendez ?

Jo : Et j'ai perdu le contrôle de la voiture. A cause de toi. Mais oui, à cause de toi !

Catherine : Parce qu'il ose dire que c'est ma faute à moi ! Lui, le tueur ! Et un lâche ! Et un menteur ! Jamais je n'aurais cru. Il m'a poussé dans la mort.

Jo : Mais Catherine, est-ce que tu vas m'écouter ? C'est insensé, tout ça.

Catherine : Je vais à la police, je vais prendre un avocat. Tu connais un avocat, Albert ? Tu prends son parti, c'est ça ? Vous prenez tous son parti, ici ?

Jo : Non, non, non, Catherine, c'est absurde ! Bien sûr que je n'ai pas voulu te tuer ! Mais comment peux-tu croire ça ? Mais reviens sur terre !

Albert : Arrêtez de crier, ça ne sert à rien. Vous n'êtes pas dans un état normal.

Catherine : Je ne reste pas une minute de plus chez un tueur.

Jo : Je te défends de dire que je suis un tueur. Tu n'en as pas le droit. C'est un accident, c'est tout. Et toi, tu n'as rien, moi, je suis blessé !

Christiane *(qui arrive)* : Mais qu'est-ce qui se passe ici ? Pourquoi vous criez si fort ?

Jo : Je dois avoir des côtes cassées.

Christiane : Il faut faire tout de suite une radio, Jo.

Catherine *(à Christiane)* : Toi, évidemment, tu vas prendre le parti du tueur.

Christiane : Mais explique-toi mieux. Tu es devenue folle ou quoi ?

Albert : Ils ont eu un accident. Ils sont très énervés.

Jo : Oui, elle est complètement folle. Elle m'a poussé à bout. Complètement à bout.

Catherine : Il a dit : "Je vais te tuer." Un visage de haine. Il a foncé dans le ravin.

Jo : Mais c'était un jeu, Catherine. Un jeu !

Albert : Tiens, Catherine. Un peu de whisky. Ça te fera du bien. Je t'en verse aussi, Jo.

Christiane : Et la voiture ?

Jo : En accordéon.

Christiane : Il ne manquait plus que ça. Jo, tes mains tremblent, prends du whisky aussi.

Catherine *(qui jette son verre de whisky au visage de Jo)* : Tiens, c'est pour baptiser ma mort. *(Elle sort)*

Jo : Je ne sais plus ce que j'ai fait. Ce n'était qu'un jeu, je vous jure. Dites-moi que le monde est fou. Je l'aime tellement. *(Il éclate de rire)* Elle est vivante, non ? Vivante !

Christiane : Tu as des frissons, tu as de la fièvre. Veux-tu que j'aille te chercher un gilet ? Il fait plus frais, la nuit tombe.

Jo *(se frappant la tête)* : C'est là qu'il fait nuit. Vous croyez tous que je voulais la tuer, pas vrai ? Mais j'ai redressé au dernier moment. J'ai redressé, je vous jure.

Christiane : Comment ça s'est passé, Jo ? Tu voulais la quitter ? Tu étais vraiment en colère ? Tu criais vraiment très fort ? Pourquoi l'avais-tu laissée te provoquer, Jo ? Il était où, ce ravin ? Je vais te confectionner un gâteau. J'ai trouvé une recette tout à fait étonnante. Tu vas voir, Jo, tu vas adorer ça.

Albert : Et Catherine est partie. Encore heureux que cette guigne-là n'ait pas été fatale. Comme dans cet autre épisode de ma vie. J'étais d'ailleurs en train de l'écrire dans tous ses détails. Après le départ de ma mère, mon père m'avait fait la vie dure. Sans doute à cause de ce qui s'était passé avec l'oncle Bob. Un jour, j'ai dû partir en vacances chez une vieille tante. Il fallait prendre l'avion. Un copain de mon père prenait aussi cet avion-là. Mon père m'a dit : "N'essaie pas de bouger, petit, ni même d'ouvrir la bouche. Sinon, mon copain te jette dehors par la porte de l'avion." De tout le voyage, je n'ai pas osé faire un mouvement, ni prononcer le moindre mot. Mais quand on a annoncé l'atterrissage, l'homme qui m'accompagnait s'est mis à suffoquer. Crise cardiaque. Avant qu'on soit au sol, il était mort.

Mme Irma : Moi, je faisais le ménage à l'étage. Quand j'ai entendu crier, j'ai poussé la tête dans l'escalier. La Catherine est montée comme une folle, elle est passée devant moi sans même m'adresser la parole. Elle a fait ses valises à grand fracas et elle est partie. Bon débarras ! Qu'est-ce qu'ils ont, nos garçons, à aller chercher des filles qui ne valent pas deux sous ! Et Jo, en plus, c'est un bon garçon. C'est lui que j'aurais dû avoir comme fils. C'est presque mon fils, d'ailleurs. Et je me comprends. Quand j'ai été blessée, que je saignais de partout, Jo s'était tout de suite proposé pour me conduire à l'hôpital. Et il était resté là, il avait attendu qu'on veuille bien s'occuper de moi. Je lui répétais : "Rentrez chez vous, monsieur Jo, ne perdez pas toute votre journée. Vous pouvez bien me laisser seule avec mon malheur." Mais il était resté. Jo, il a les yeux de son père, exactement les yeux de son père. C'est comme je dis : il est presque mon fils. Tu pourrais en prendre de la graine, Frédéric. Ce n'est pas Jo qui se mettrait à me crier dessus.

Tom : Alors, Mme Irma, toujours en train de bougonner ? Qu'est-ce qui se passe ici ?

Mme Irma : Ah, je ne sais pas, monsieur Tom. Je ne me mêle pas des affaires de la maison. Mais je crois qu'il y a eu une dispute et que mademoiselle Catherine est partie.

Tom : Bien, très bien, très très bien ! Et qu'est-ce que vous pensez de ça, Mme Irma ?

Mme Irma : Comme vous, monsieur Tom, comme vous.

Tom : Bien, très bien, très très bien ! Et nettoyez à fond l'atelier de Jo, Mme Irma, il va en avoir besoin. Il était temps de balayer un peu, pas vrai ? Des filles comme Catherine, je n'en veux pas trop sur mon chemin. Jolies à regarder, je ne dis pas, mais trop dangereuses à manipuler. Un oncle à moi, un militaire, est mort en déplaçant de la nitroglycérine. Pas mon genre. Des risques, est-ce que je n'en prends pas assez dans mon boulot ? Qu'est-ce que je disais ? Ah oui, que Jo n'est qu'un crétin. Et si je le dis, croyez bien que c'est avec toute l'amitié que j'ai pour lui.

3.

Tom : Après le départ de sa belle, Jo est tombé malade. Un mois au lit, fièvre, délire, qu'est-ce qu'il n'a pas inventé ! Autant dire que son atelier restait vide. Toute la maison des collines était aux petits soins pour lui. C'est tout juste si Christiane ne le veillait pas chaque nuit. *(A Christiane)* Mais, après tout, ce sont tes oignons. D'ailleurs, Jo, plus tu le chouchoutes, plus tu ronronnes, pas vrai ?

Christiane : Il faut bien que quelqu'un s'occupe de lui, Tom.

Tom : Peut-être que ça le fera se remettre au travail, on peut toujours rêver. Et, sinon, qu'il achète une corde pour se pendre. Et Albert, toujours en train d'écrire son "Bousilleur" ? "Le bousilleur" ! Elle en fait de belles, l'humanité. Bon, ce n'est pas tout ça.

Christiane : Tu ne restes pas un peu ? Tu viens à peine d'arriver.

Tom : Pas que ça à faire, ma belle. Je gagne ma vie, moi. Demain, je pars en voyage.

Christiane : Tu seras absent longtemps ?

Tom : Le plus longtemps possible. Là-bas où je vais, il y a beaucoup à prospecter. De vraies mines d'or, dit-on.

Christiane : Tu vas loin ? Tu n'as besoin de rien ? Tu prendras soin de toi ? Tu nous écriras, tu feras un signe ? Tu penseras un peu à moi, Tom ?

Yvette : "Au revoir, Tom." Il s'est levé sans me répondre. Pour Tom, ma très humble personne n'existait évidemment pas. Christiane l'a conduit jusqu'à sa voiture. Quand elle est revenue, elle avait les yeux rouges. A quoi bon encore la traiter de cruche ? J'étais d'ailleurs bien trop occupée par mes propres affaires de coeur.

Albert : Ça va un peu mieux, ce matin ?

Yvette : S'il s'agit de mes jambes, elles ne vont pas plus mal que d'habitude. Si c'est de Jo, il paraît que ça va aussi. Ce matin, il travaille même dans son atelier. Pourquoi me regardes-tu Albert ?

Albert : Je ne te regarde pas, Yvette.

Yvette : Alors, regarde-moi. Mon seul rôle consiste-t-il à rester dans mon coin comme un objet trop encombrant ? Vas-y, dis-le !

Albert : Et pourtant, si tu savais...

Yvette : Si je savais quoi ? Mais réponds ! Je n'ai pas besoin de ta pitié, Albert. J'aimerais mieux que tu me portes un peu de guigne. Au moins ça voudrait dire que tu penses à moi.

Albert : Il ne faut pas parler comme ça, surtout pas.

Yvette : Je vais faire un tour. Non, laisse-moi, je pousserai mes roues toute seule.

Albert : Tu es sûre ? Je t'accompagne, si tu veux.

Yvette : Principe élémentaire : dire non aujourd'hui pour qu'il supplie demain... Près de la maison, j'ai rencontré Mme Irma. Dans un état de bien grande agitation.

Mme Irma : Et notre Jo, mademoiselle Yvette ? Ah ! si je pouvais, je le prendrais chez moi pour le soigner. Vous verriez comme il serait vite guéri. Mais chez moi, ce n'est plus chez moi. Chez moi, c'est l'enfer. Un fils qui frappe sa mère. Mon Frédéric qui frappe sa mère. Est-ce que je l'ai élevé pour ça ? Est-ce que je me suis sacrifiée pendant tant d'années pour en arriver là ? Le monde d'aujourd'hui ne respecte plus rien. Même ce qu'il y a de plus respectable. Et une mère, c'est ce qu'il y a de plus respectable. Et je saigne. Ça n'arrête pas de saigner. Il a osé. Mon Frédéric a osé. Je leur montrerai à tous, je lui ai dit. Je leur montrerai à tous comment mon fils traite sa mère. Mais non seulement elle ne viendra pas habiter chez moi, mais elle n'y mettra plus les pieds. Voilà ce que je lui ai dit, à mon Frédéric. Alors, il m'a frappée. C'est elle. C'est sûr qu'elle l'y a poussé. Parce que mon Frédéric, avant, il n'aurait jamais osé faire ça. Mademoiselle Yvette, dites surtout à Jo qu'il peut me demander tout ce qu'il veut. Jo, je vous le guérirais, moi. Oh oui, je vous le guérirais.

Jo *(à une Catherine invisible)* : Catherine, par bonheur, tu as oublié une bouteille d'eau de toilette. Chaque matin, je m'en parfume un peu, pour vivre dans ton odeur. Parfois des gens s'approchent de moi un peu trop. Ils me regardent d'un drôle d'air, je sais que ça t'aurait fait rire. Je ne devrais pas te le dire mais, si tu revenais, je te séquestrerais. Je clouerais les volets, j'enlèverais les poignées des portes. Je déconnecterais le téléphone. Je t'aime trop Catherine, impossible, impossible que tu sois partie. C'est un mauvais rêve, comme l'accident. Reviens, reviens, reviens ! C'était un jeu, Catherine, un jeu, rien qu'un jeu ! Reviens, je te dis. Aujourd'hui, c'est moi qui ai froid.

Christiane : Viens sous la véranda, Jo. Il fait tellement beau, ce soir.

Jo : Tu as vu le ciel ? On dirait un vieux miroir piqué d'étoiles. Un vieux miroir qui ne réfléchit plus rien. Comme si l'univers tout entier se ratatinait. Vingt-cinq ans et c'est à croire que je n'ai plus d'âge. Pourquoi est-elle partie, tu peux le dire ? Oui, je sais ce que tu vas dire. Mais, Christiane, je fais tout pour l'oublier. Je me suis même remis à peindre. Tu as vu mon nouveau tableau ?

Christiane : Il est superbe.

Jo : Il me fait vomir. Je vais le détruire.

Christiane : Tu as tort. Aime-toi un tout petit peu.

Jo : Mais elle, elle ne m'aime plus.

Christiane : Mais moi, je t'aime, Jo.

Jo : Au fond, on se débrouille bien sans elle, c'est ce que tu penses ? Je suis sûr que c'est ce que tu penses.

Christiane : Tu ne t'en rends pas compte mais tu vas beaucoup mieux. J'en suis tellement heureuse. Tom aussi, quand il reviendra.

Jo : Ne me parle pas de Tom. Je suis jaloux de Tom. Il tourne autour de toi comme une mouche autour d'un morceau de sucre.

Christiane : Si, au moins, c'était vrai ! Et si, au moins, tu étais jaloux ! Comme avec la moto d'Alex.

Jo : Je n'étais pas jaloux, je trouvais que ce n'était pas convenable. Tu n'avais même pas seize ans.

Christiane : Et toi, même pas quinze. Mais Alex, il en avait dix-huit.

Jo : Et une moto, je sais, je sais. Notre mère avait bien raison de t'interdire de monter sur cet engin de mort.

Christiane : Et si j'en avais envie ? Ce soir-là, j'ai profité de l'absence des parents pour qu'Alex m'emmène faire un tour. Quand il m'a ramenée, je t'ai trouvé en pleurs. Là-bas, sous le marronnier.

Jo : Alexandre le grand, deux jours après, j'ai été lui mettre des morceaux de sucre dans son réservoir.

Christiane : Jamais je ne t'ai vu pleurer comme ça, Jo. Tu étais secoué de hoquets. Tu étais persuadé que je ne reviendrais pas, que ce pauvre Alex m'avait enlevée. Je t'ai juré qu'on ne se quitterait jamais. Tu tremblais, je t'ai serré très fort contre moi. C'est arrivé sans qu'on sache très bien comment : on s'est embrassés. Comme de vrais amoureux. Et puis...

Yvette *(dans l'ombre, derrière eux)* : Et moi, j'ai tout vu.

Christiane : Mais qu'est-ce que tu fais là ? Pourquoi tu te cachais ?

Yvette : Moi aussi, je peux prendre le frais, non ?

Christiane : Mais tu n'as même pas de gilet. Tu vas tomber malade, Yvette. Je sais ce que je dis.

Yvette : Cette fois-là, j'étais là aussi. Et j'ai tout vu.

Christiane : Qu'est-ce que tu inventes encore ? Tu ne sais pas ce que tu dis, Yvette. Il n'y avait rien à voir. D'ailleurs, il faisait noir. N'est-ce pas Jo, qu'il faisait noir ?

Jo : C'est si loin, de toute façon. A quoi bon se rappeler ça ?

Christiane : Mais Jo...

Jo : Je vais me coucher.

Yvette : J'ai beau me dire que non. J'ai beau me dire que ce n'est pas vrai. Et pourtant, je vous déteste, tous les deux.

Christiane : Tu ne sais pas ce que tu dis, Yvette. Bien sûr que tu ne sais pas ce que tu dis. Et puis, quand Tom reviendra, il sera ravi de voir le travail de Jo. Pour le retour de Tom, je ferai de la tarte Tatin. J'ai trouvé une nouvelle recette extraordinaire.

Albert : Les mois ont passé. La maison des collines croupissait. Moi, j'écrivais, j'écrivais. Mon personnage devenait positivement monstrueux. La petite Yvette me guettait. Dès que je mettais le nez hors de la chambre, elle était là. Mais j'essayais de garder les distances. Danger, danger.

Yvette : C'est-à-dire qu'on progressait, case après case. Le combat nuptial est un jeu qui demande autant de patience que d'adresse. Un jour, Albert, on s'envolerait ensemble. Si haut ! Si haut !

Alex : Un jour, j'ai tout de même dit à Christiane : "Ton frère, il te bouffe de partout. Tu devrait penser à toi. Je suis là aussi, moi, Christiane. Si tu as besoin de moi, je suis là."

Christiane : Tu veux dire que tu as de l'argent, c'est ça ?

Alex : Pas grand-chose. J'en ai un peu. Mais j'ai surtout beaucoup d'affection pour toi.

Christiane : Alex, ne plaisante pas. Je n'ai vraiment pas la tête à plaisanter.

Alex : Pourquoi je plaisanterais ? Ça ne te plairait pas, le manège, tout ça... ?

Christiane : Tout ça, quoi, Alex ?

Alex : Tout ça, le manège...

Christiane : Il me regardait avec ses petits yeux rusés et il bredouillait. Non, non, pas lui, pas Alex ! Comment lui dire ça sans le blesser ? Bien sûr, je montais ses chevaux. Bien sûr, on se connaissait depuis l'enfance. Mais de là à... D'ailleurs, il y avait Jo. Et Tom. Que Tom revienne vite.

Albert : Jo tournait toujours en rond. Un jour, il disait que tout allait bien, le lendemain, il restait prostré. Parfois, il travaillait. Parfois, il disparaissait pendant quelque temps. Un jour, la police avait téléphoné, on l'avait retrouvé en ville, couché ivre mort sur le trottoir. Christiane est allée le chercher.

Yvette : Une autre fois, il s'était bagarré dans un bistrot et s'était fait tabasser. Christiane est allée le chercher. Une autre fois encore...

Christiane : A quoi bon énumérer tout ça ? Tais-toi, Yvette, tais-toi. J'ai une envie folle de confectionner des îles flottantes.

Yvette : Je crois que je n'en mangerai pas.

Christiane : Pourquoi ne mangeras-tu pas d'îles flottantes ? Tu ne te sens pas bien ? Tu n'es pas malade, dis-moi ? Tu as peut-être de la fièvre ? Tu as pris ta température ?

Yvette : Parfois, souvent, je rêvais que je lui rentrais ses questions dans la gorge. Et il y avait tellement de questions qu'elles s'entassaient sur ses cordes vocales et qu'elles les étouffaient à tout jamais. Christiane qui suffoque, Christiane muette pour l'éternité. Juste ce geste de porter ses mains à sa gorge pour essayer de parler. En vain.

Albert : Ce rêve-là faisait du bien à Yvette. Elle me l'a dit plusieurs fois. Qu'est-ce que je pouvais répondre ? Et à Christiane, quand elle venait me trouver pour se plaindre d'Yvette ?

Christiane : Je sais, je sais, Albert, j'aurais dû plus m'occuper d'Yvette. Mais les journées passaient si vite.

Alex *(en contrepoint)* : Christiane n'avait rien répondu, elle m'avait souri. Un sourire qui ne disait ni oui, ni non. Puis, elle avait grimpé sur son cheval et était partie dans les collines. Au moins, maintenant, elle savait. La balle, comme on dit, était dans son camp. Et le temps jouait pour moi. Pour le reste, j'avais mes chevaux. L'amitié de mes chevaux. Pour une vie, d'ailleurs, ça pourrait presque suffire. Presque.

Albert : Mais c'est vrai que je pensais à Yvette de plus en plus souvent. Danger, danger.

Alex : Un jour, j'avais rendez-vous, en ville, c'était pour aller au cinéma. La fille n'arrivait pas. Je me suis promené de long en large, j'ai regardé les vitrines. C'était une rue avec des magasins de luxe. Je me suis arrêté devant une boutique de vêtements hommes. De ces chemises et de ces cravates ! Et des prix à l'avenant, bien sûr. Bon, c'était l'hiver, j'avais mon parka et une grosse écharpe. Rien de spécial, mais je n'avais vraiment rien de dégueux, ça non. J'ai relevé la tête un instant. La boutique était vide, juste la bonne femme assise derrière le comptoir. Une blonde vingt-quatre carats, attifée comme dans les feuilletons américains. Elle m'a jeté un simple regard. Et, tout de suite, elle a poussé sur un bouton, près elle. J'ai entendu un petit "clac". La porte était fermée. Trop dégueux pour entrer là. Et, pour couronner le tout, pour le rendez-vous, j'ai poireauté pendant une heure. La fille n'est jamais venue. On m'a dit après qu'elle avait préféré sortir avec Jo. Jo, le joli coeur. A la télé, l'autre jour, j'ai vu une émission sur un gars qui croit aux extra-terrestres. Il est sûr qu'un de ces jours, ils vont se pointer. Et il est prêt, il a fait sa valise. Il en a trop marre de ce monde, il a dit. Alors, il les attend. Il demandera de pouvoir les accompagner. Moi, j'aime autant mon manège.

Mme Irma *(comme en écho)* : Chez moi, c'est chez moi, tout de même. "Regarde cette cuisine", je lui ai dit, "c'est ici que je t'ai mis au monde. Eh bien, cette guenon-là, je ne veux plus la voir dans cette cuisine où je t'ai mis au monde. Dans les plus grandes souffrances. Dix-huit heures d'accouchement." Dès le début, je lui avais dit : "Ce n'est pas une fille pour toi." Mais c'était déjà trop tard, elle lui avait mis le fil à la patte. Pris au piège, le nigaud. Et si encore elle était jolie, si encore elle était bien faite ! Rien que des cheveux gras et ça n'a même pas de corps, maigre comme un hareng. Et trop grande. Beaucoup trop grande. C'est une femme, ça ? Une femme, ça doit avoir un corps de femme. Moi, j'ai un corps de femme, j'ai des formes de femme, j'ai toujours eu des formes de femme. Avec moi, les hommes ont de quoi s'occuper. Je le dis sans me gêner. Mais cette traînée, qu'est-ce qu'elle peut donner ? Sa méchanceté, rien d'autre. Cette traînée, c'est elle qui lui a dit : "Frappe ta mère." C'est elle, j'en suis sûr. J'irai déposer plainte et on le mettra en prison. Il a beau être gendarme, mon Frédéric, vous verrez qu'on le mettra en prison. Etre gendarme quand on frappe sa mère, c'est une circonstance aggravante, non ?

Yvette : Après l'hiver, Christiane a dit qu'on commençait à avoir de sérieux problèmes d'argent. Tom n'était pas là pour vendre des tableaux de Jo, et Jo, de toute façon, ne travaillait pas beaucoup. Il y avait l'héritage des parents mais Christiane disait qu'on avait quasiment tout mangé. Albert avait quelques réserves, il payait son dû comme il pouvait. Il y avait encore ma petite pension d'invalide. Tout ça ne pouvait pas durer à l'infini. Parfois, souvent, Albert parlait de s'en aller. Mais je l'en aurait empêché. Je me serais mise devant la porte, il aurait dû me passer sur le corps.

Albert : Un matin, Jo est parti en ville, il a dit qu'il voulait se trouver du boulot. Le soir, on a entendu une voiture qui arrivait en klaxonnant à tue-tête. Catherine était assise à côté de Jo.

Yvette : Ils sont entrés en riant, Catherine nous a embrassés tendrement et joyeusement, comme si rien ne s'était passé. Jo nous a dit qu'ils s'étaient rencontrés par hasard. Dans un bar.

Jo : Catherine ! Mais qu'est-ce que tu fais là, Catherine ! Catherine, c'est toi, c'est toi ! Pourquoi tu ne dis rien ? Mais regarde-moi, au moins ! Pourquoi tu es partie ? Je suis devenu fou, je t'ai appelée partout. Catherine, j'ai passé avec toi toutes mes nuits et tous mes rêves, tous mes jours et toutes mes pensées. Mais dis quelque chose. Ne reste pas comme ça, sans un mot, sans un mouvement. *(Catherine ne bouge pas, ne répond rien.)* Est-ce que tu crois que je pourrais sortir de ce bar et te laisser là ? Maintenant que je t'ai retrouvée, est-ce que tu crois que je te laisserais repartir ? Est-ce qu'on n'est pas l'un à l'autre ? Jusqu'au bout, jusqu'au bout, comme tu disais ? Cette histoire d'accident, c'était un cauchemar, c'est tout.

ouvrir la bouche ? Est-ce qu'elle est là pour longtemps ? Qu'est-ce qu'elle fait dans la vie ?

Catherine : Lulu, tu verras, elle est formidable.

Christiane : Cette Lulu, elle ne parlait à personne. Elle restait assise toute la journée. Au soleil de préférence. Curieux personnage. C'est vrai qu'elle ne dérangeait guère. Enfin, à ce moment-là.

Catherine *(à Jo)* : Lulu, c'est un petit pacha en balade. Une fois chez l'un, une fois chez l'autre. En fait, sans domicile fixe. Je devrais la marier.

Jo : Avec qui ?

Catherine : Pas avec toi, mon grand amour. N'essaie surtout pas de la regarder trop ou je te crève les yeux.

Lulu : Catherine ? Une cinglée. Si vous connaissez d'elle une meilleure définition, moi pas. "Viens", elle m'avait dit, "il y aura sûrement une place pour toi. Moi, j'y retourne, j'ai des comptes à régler. Je ne sais pas dans quel sens, je ne sais plus rien. Je sais seulement que j'ai des comptes à régler. Et tu verras, ils sont marrants." Si Catherine le disait... Moi, de toute façon, là ou ailleurs... Il y a des moments comme ça : on est complètement en rade, on est prêt à n'importe quoi. Et même à rien du tout. D'ailleurs, le rien du tout, ça me convient bien aussi. Mon côté lézard au soleil, marmotte en hiver. On disait toujours : "Avec Lulu, faites à l'aise." Bon, et alors ? Je ne vais tout de même pas me casser les ongles dans une agitation frénétique. Ma mère disait toujours : "Toi, Lulu, tu n'es pas une exploratrice. Si on ne vient pas à toi, tu ne vas à personne." Eh bien, qu'ils viennent ! D'ailleurs, comme je ne suis pas mal fichue, ils viennent. Les hommes, je veux dire. Moi, je me prélasse au soleil et eux, ils viennent faire le paon tout autour.

Jo *(à Catherine)* : Tu as un drôle de sourire. Et tu n'as pas prononcé un mot depuis ce matin.

Catherine : Je suis bien.

Jo : Viens te serrer contre moi. Viens, on va s'enfermer chez nous.

Catherine : Non, pas maintenant.

Jo : Quand ?

Catherine : Je ne sais pas. Demain. Non, après-demain.

Jo *(dépité)* : C'est pareil depuis qu'on s'est retrouvés.

Catherine *(se précipitant vers lui)* : Non, non, je suis folle. Demain, demain, si tu veux. Ne fais pas attention. J'ai envie de rire, de rire. Non, j'ai envie de chanter. Si tu savais, Jo : parfois, j'ai envie de marcher sur la tête. Voir le monde à l'envers, voir le ciel comme un plancher lointain.

Lulu : Catherine, je lui disais : "Tu vas tomber !" Catherine qui cinglait l'azur, Catherine vif-argent ! Pourquoi elle tenait à moi ? "Ces deux-là", disait-on, "elles sont toujours ensemble." En tout cas, j'étais sa bonne oreille. Par exemple, elle m'avait raconté qu'un homme, un jour, avait voulu la tuer. Je veux dire : pour de bon, avec un revolver, cette fois-là. Pas une petite histoire de coup de volant un peu trop brusque. La balle, disait-elle, avait sifflé à son oreille, puis elle était allée s'écraser dans un miroir. L'homme l'accusait de le tromper avec un de ses amis. Un jaloux de la pire espèce. Il l'avait ratée de près mais, heureusement, il l'avait ratée.

Catherine *(en flash-back)* : On se croit vivant, Lulu, mais, dans les yeux de l'autre, on est déjà mort. Je ferme les yeux et je pense : il me supprime, il me biffe et moi, je n'ai rien fait. Qu'est-ce que Jean s'imagine ? Son copain n'est qu'un faux don Juan sans intérêt, juste un peu minable. Comment est-ce qu'il peut croire que j'aurais voulu le tromper avec ça ? Ce coup de feu, je l'entendrai toute ma vie. Maintenant, ce que je vais te dire, tu ne le répéteras à personne. Puisque Jean m'a tiré dessus, ce faux don Juan, j'ai été le trouver. Et j'ai couché avec lui.

Lulu : Ah. Et c'était comment ?

Catherine : Dégoûtant.

Lulu : Alors, pourquoi tu l'as fait ?

Catherine : Pour effacer la mort qui siffle à mon oreille.

Lulu : Fameuse formule ! La mort qui siffle à son oreille ! Catherine avait toujours les mots qu'il fallait. Vous voulez savoir ? Un peu plus tard, le Jean en question est venu s'agiter dans mes parages. Une espèce de beau mec, haut et large et fort en gueule. Mon genre. Et, en plus, ça m'amusait plutôt, ce revolver sorti par jalousie. Petit frisson. Il s'est encore agité. J'ai craqué. Puis on a causé. Son étonnement quand je l'ai questionné ! L'histoire du coup de feu sur Catherine ? J'ai vite compris qu'il n'y avait rien eu de pareil. Et que le faux don Juan n'avait jamais existé. Oui, voilà, c'est bien ça : Catherine, je suis sa bonne oreille.

Catherine : Lulu, je suis revenue chez Jo et c'est comme si j'allais de blessure en blessure.

Lulu : Tu te serres le cœur, tu te jettes en pâture. Tiens, je l'ai regardé, tout à l'heure, ton Jo. Il est déjà bouffi. Dans dix ans, il aura d'énormes poches sous les yeux. Comme tous ceux qui ne savent pas à quoi ils servent.

Catherine : Parce que toi, tu sais à quoi tu sers ?

Lulu : Moi ? Pas du tout et ça m'est bien égal. Mais lui, on voit bien que ça le taraude. Un fou furieux qui tourne en rond et qui se heurte à des murs. Ces hommes-là vous boufferaient jusqu'à la moelle. Ma mère disait toujours : "Gare aux artistes." Elle aurait dû s'écouter. Son dernier amant, un saxophoniste, la battait tous les jours. Moi, je te le dis, Catherine : laisse tomber. Cette fois-ci, laisse tomber.

Catherine : Chaque nuit, le même rêve. Il tient dans les mains un grand bol d'eau claire. Je lui demande à boire, il me regarde en souriant mais il ne bouge pas. Si j'essaie de m'approcher, le bol se vide. Je ne partirai pas. Cette eau, j'en ai trop besoin.

Lulu : Ne fais pas tant d'histoires, encore une fois. Tout ça, c'est du vent, Catherine. Pour donner à boire, y a toujours un homme quelque part.

Catherine : Cette eau, il n'y a que lui qui me la donnera. Surtout, aime-moi beaucoup, Lulu.

Lulu : "Aime-moi beaucoup !" Mais après, elle n'a plus fait attention à moi. Comme si je n'avais jamais existé. A se demander pourquoi elle m'avait fait venir. Ça, c'est aussi Catherine : aujourd'hui, blanc, demain, noir. Une cinglée, je dis. Mais quelle importance, après tout ? Tant que je me plaisais là... Personne ne me demandait rien, je ne demandais rien à personne. On se disait bonjour et il y avait toujours quelque chose dans le frigo. Et des gâteaux à profusion.

Christiane : Et brusquement, Catherine s'est accrochée à moi. Qui l'aurait cru ? Est-ce que je devais aimer ça ? Est-ce que je n'aurais pas dû me dire : "Christiane, fais attention ?" Mais attention à quoi ? Est-ce que je n'avais pas envie que tout marche bien ? Est-ce que je n'avais pas envie de garder Jo ? Est-ce que, si on gardait Catherine, je ne gardais pas Jo ? Dès son retour, elle avait voulu apprendre à monter à cheval. "Pour t'accompagner", disait-elle. Je lui disais : "Reste avec Jo." "Non, avec toi, je viens avec toi." Je me suis dit : "Je vais apprendre à la connaître." Mais pendant toutes ces heures passées ensemble, elle n'a presque rien dit. Elle s'appliquait même à la cuisine. Elle passait des journées entières à lire des livres de recettes. Elle me renseignait des gâteaux que je ne connaissais pas.

Albert : On voyait Jo tournant autour d'elle comme un enfant craintif. Et puis, le lendemain, tout paraissait rentré dans l'ordre. Ils avaient l'air presque sereins tous les deux. Je me disais : "Tout ça ne va pas durer. Bon Dieu, fiche le camp, Albert, fiche le camp."

Christiane : L'argent filait de plus en plus vite. Mais Jo se remettait au travail. Et, un jour, Tom allait revenir. Tout finirait peut-être par s'arranger.

Yvette : Albert avait presque fini son livre. J'attendais ce moment avec impatience. Albert, cette fois, tu n'auras plus la moindre excuse. Nous pourrons entamer la phase ultime du combat nuptial.

Lulu *(comme en écho)* : Le combat nuptial ! Quel tralala ! Mais tous ces beaux amoureux n'ont pas passé trois nuits ensemble qu'ils en ont déjà assez. Moi, en tout cas, trois nuits, c'est ma dose. Ma mère disait encore : "Toi, Lulu, tu n'es pas une romantique." Pour ce que ça lui a servi, à ma mère, son romantisme ! Quand son saxophoniste s'est tiré, elle a mis sa tête dans le four de la cuisinière et a ouvert le gaz.

Christiane : Lulu, les gâteaux, quand tu veux. Et ce soir, je fais de la tarte aux prunes.

Lulu : Génial. Cette grande soeur était vraiment tarte mais sa tarte était vraiment bonne. En somme, les vacances qu'il me fallait. Pourtant, tes amis, Catherine, pas si marrants que ça ! L'espèce d'infirme qui faisait tout pour se faire remarquer. L'espèce d'ahuri qui n'arrêtait pas d'écrire dans son coin. L'espèce de tarte qui faisait des gâteaux. Et ton espèce d'amoureux. Mais j'ai un faible pour les gâteaux.

Alex : Christiane est revenue au grand galop. Vite, il fallait que je l'accompagne, Catherine avait fait une chute, elle était blessée. J'ai sauté dans la jeep, on a été la chercher. Rien de grave, en définitive. Mais cette Catherine avait eu beaucoup de chance.

Christiane : Mais qu'est-ce qui t'a pris, Catherine ? C'était de la folie de te lancer au grand galop dans ces rocailles. Est-ce que tu oublies que tu sais à peine monter ? Tu veux te tuer ? Mais qu'est-ce que vous avez tous ?

Alex : Catherine ne répondait rien. Juste ce sourire étrange. Dieu qu'elle était belle ! Une déesse descendue parmi nous. Fallait s'appeler Jo pour en découvrir une pareille. J'entendais encore Christiane : "Jo est amoureux. Qu'est-ce que tu peux comprendre à ça, Alex ?" Alors, pourquoi le joli coeur ne la gardait-il pas près de lui, sa déesse ? Qu'est-ce qu'elle venait chercher ici ? Ce genre de femme, ça vous traite les chevaux comme les hommes. Mais un cheval, ça ne se méprise pas. J'ai regardé Christiane. Sa réponse viendrait bien un jour ou l'autre. "Le manège, toi, moi, tout ça..." Il y a des années, je l'avais emmenée faire un tour en moto. On s'était arrêtés, on s'était couchés dans l'herbe. Christiane avait la tête presque contre mon épaule. Le ciel était plein d'étoiles, on avait envie de tendre la main pour les cueillir. Et tout autour de nous, le silence comme une musique. Ce soir-là, tout aurait été possible. Mais, brusquement, elle s'était levée. Jo et Yvette étaient restés seuls, il fallait qu'elle rentre.

Jo : Catherine, Catherine ! Tu cherches quoi en faisant ça ? Tu ne monteras plus sur un cheval, je te le défends catégoriquement. Mais réponds, dis quelque chose. Pourquoi souris-tu comme ça ? Ne souris pas comme ça ! Je ne te comprends plus, Catherine, je ne te comprends plus.

Albert : Puis, brusquement, tout a paru s'enfiévrer. Jo était de plus en plus nerveux. Catherine, certains jours, semblait appartenir à une espèce humaine non répertoriée. Yvette chantait de plus en plus fort. Parfois, elle se plongeait dans de gros atlas. Il n'y avait que Lulu pour se prélasser tranquillement au soleil. Lulu ! Celle-là, j'aimais autant n'en rien savoir.

Yvette : Du pôle sud au pôle nord en ballon, qu'en penses-tu, Albert ? Ou du sommet du Mont Blanc au sommet de l'Everest. Ou suivre la route de la soie, en partant de Pékin. On dit que, dans le désert de Gobi, le vent est si fort qu'il suffit d'avoir des roues pour être poussé pendant des kilomètres.

Albert : J'étais d'ailleurs, moi aussi, dans un état de grande excitation. Mes histoires de bousilleur étaient devenues si nombreuses qu'il paraissait absolument invraisemblable d'avoir tout vécu ça en une seule vie humaine. Celle-ci encore, tenez. Cette guigne incroyable que j'avais amenée à un copain le jour même de mes dix-huit ans. Il voulait absolument fêter mon anniversaire. "Allez, viens, on sort en boîte." On habitait à la campagne, il fallait une voiture. Son père en avait une. Flambant neuve. Pas question de la prêter à son fils. "Allez, papa, sois chic." "Non, pas question." "Allez, papa !" Mon copain était du genre crampon et le père a fini par lui filer les clés en maugréant : "Et gare à ta peau si tu la ramènes avec la moindre griffe." Nous voilà partis. Des sièges qui sentaient le cuir tout neuf. Une nuit démente, on s'éclate, je passe les détails. Au petit matin, retour vers le village. Mon copain au volant, hyperprudent. Et brusquement, la guigne, voilà un sanglier qui surgit sur la route. Quasiment sous les roues, le choc inévitable. Et l'aile de la bagnole complètement cabossée. Ça nous a mis le moral sous le niveau de la mer. Mon copain pleurait presque. "Mon père ne me croira jamais." "Ecoute", je lui dis, "on embarque le sanglier, comme ça on a la preuve." Pas de place dans le coffre, son père était représentant, tous ses produits étaient dedans. On pose le sanglier sur le siège arrière. Proprement, sur une couverture. Et on repart. Mais deux kilomètres plus loin, la guigne des guignes, voilà le sanglier qui se réveille. Ce cochon-là n'était pas mort. Coup de frein en catastrophe, on s'extrait de la voiture aussi vite. De trouille, on laisse l'animal enfermé dedans. Vous voulez savoir ce que le sanglier a fait des sièges en cuir neuf et du reste de l'habitacle ? Pourquoi je raconte ça maintenant ? Parce qu'avec le retour de Tom, la maison des collines a ressemblé à cette voiture-là après le passage du sanglier.

Christiane : Tom ! Je suis si contente de te revoir, Tom ! Alors, ce voyage ? Et tu vas bien ? Et tes affaires ? Est-ce que tu veux voir les nouveaux tableaux de Jo ? Est-ce que tu restes pour la soirée ? Je viens de faire de la tarte Tatin, tu en veux ?

Tom : Jo, où est Jo ? *(Montrant Lulu)* C'est quoi, celle-là ?

Yvette : C'est Lulu, une amie de Catherine.

Tom : Christiane, ta pâtisserie, magnifique !

Yvette : Pour Tom, ma très humble personne n'existait évidemment pas.

Christiane : Tom, je suis merveilleusement contente de te revoir.

Lulu : Je me dorais au soleil. Quand je l'ai vu, j'ai failli éclater de rire. Un bel orang-outan en costume trois pièces. Une carrure de choc. Une espèce de sacré numéro. C'est vrai qu'au lit, ils sont souvent moins brillants. Mais j'ai un faible pour eux. Ce doit être ma forme de romantisme à moi. Sûr, d'ailleurs, qu'ils doivent le sentir car c'est toujours eux que j'attire. Les petits, les nerveux, on dirait qu'ils ne prennent pas le temps de me voir. C'est comme ça.

5.

Tom (*montrant Lulu*) : C'est quoi encore, celle-là ?

Christiane : C'est Lulu, une amie de Catherine.

Tom : Un carrosse en or.

Lulu : On pourrait appeler ça la danse du beau singe. J'étais derrière la vitre, il arrivait, il saluait. Puis il se pavanait. Amusant, très amusant. Bien sûr, il faisait tout pour que j'ouvre la vitre. J'ai commencé par l'entrouvrir.

Tom : Je sais, je sais. Tu vas dire : Tom, il a le coeur dur, Tom, il ne pense qu'au fric. Tordons tout de suite le cou à ce canard. Il ne faudrait tout de même pas qu'on me caricature. Je suis aussi sensible que toi ou que n'importe qui. Simplement, j'ai du plomb dans la cervelle. Simplement, toutes leurs histoires de pigeons et de tourtereaux m'exaspèrent. Mais ça ne m'empêche pas de te dire que tu me plais bien. Je dis toujours ce que je pense, c'est un principe.

Lulu : Moi, pas nécessairement. Une femme doit toujours rester un peu mystérieuse.

Tom : C'est ton droit. Je dirais même que ça ne me regarde pas. Je dirais même aussi que ça te va bien : j'ai toujours apprécié les grandes lunettes de soleil. Mais je vais encore te dire ce que je pense. Tu m'as l'air d'être la seule personne un peu calme dans cette maison de fous. Et moi, une fille calme, j'apprécie. Ce soir, en tout cas, j'apprécie. Surtout une fille aussi bien profilée que toi.

Lulu : C'est un grand compliment. Surtout de la part de quelqu'un qui dit ce qu'il pense.

Tom : Je suis comme ça. Droit devant, c'est ma devise. Remarque aussi que je ne pose pas de questions inutiles. Je ne demande pas qui tu es, ce que tu fais là, quand, comment, pourquoi. J'ai tout de suite remarqué que tu n'aimais pas ça.

Lulu : J'aime qu'un homme soit perspicace, Tom.

Tom : Dans les affaires, c'est nécessaire. Et ça fait gagner du temps. Bon, si on allait faire un tour ? Je pourrais aussi te montrer tout ce que je bricole. Le grand art, l'art moyen et même le petit art, je travaille dans tous les registres. L'essentiel est que ça rapporte.

Lulu : Et pourquoi pas ? Il m'appuyait si candidement son regard de héros de Western ! Toujours bon à prendre. Avec un peu de luxe et de confort, puisqu'il ne paraissait pas en manquer. Va donc pour le tour !

Yvette : Christiane avait les yeux de plus en plus rouges. Gare à la case noire du combat nuptial ! Celle où l'autre est découvert dans un lit étranger, où l'on est traumatisé à mort, éliminé du jeu ! Moi, avec Albert, je ne courais pas ce risque. J'agissais en stratège savante et éclairée. Je le suivais à la trace, je le serrais de près, je lui fermais une à une toutes ses issues.

Jo : Tu dis à Lulu de ne pas toucher à Tom. Christiane n'aimerait vraiment pas ça.

Catherine : Christiane est vite émue. Ça lui donne le visage mou, tu as remarqué ?

Jo : C'est toi qui as fait venir Lulu ici.

Catherine : C'est moi qui repartirai avec elle. Si tu veux.

Jo : Je n'ai pas dit ça.

Catherine : Mais moi, je le dis. Si tu veux. Lulu fait ce qui lui plaît, Jo.

Jo : Quand, brusquement, elle redescendait sur terre, c'était pour montrer les dents. Cette voix qui me criait sans cesse : "Ne pas la perdre ! Ne pas la perdre !" Après tout, que ma grande soeur se défende elle-même. Je jouais suffisamment mon rôle comme ça. Est-ce que je ne m'étais pas remis à peindre ? Est-ce que Tom ne venait pas renifler mes nouvelles toiles avec cupidité ? Qu'est-ce qu'il leur fallait de plus, bon sang !

Mme Irma : Il faut que vous vous protégiez, monsieur Jo. Moi, je vous ai vu naître, je vous ai vu grandir. Ça fend le coeur de voir comme vous avez pu être malade. Je sais que je ne devrais pas me mêler de ça, mais il faut que vous pensiez à vous. Vous valez mieux que beaucoup d'autres, croyez-moi. Ah, si je pouvais faire quelque chose pour vous...

Jo : Vous savez ce qu'on devrait faire, Mme Irma ? On devrait tout laisser tomber et vivre rien qu'à nous deux. Une petite maison où vous vous occuperiez de moi. Je suis sûr qu'à nous deux, on serait bien.

Mme Irma : Vous m'avez déjà raconté ça plusieurs fois. Moi, je vous dis oui, je vous dis oui tout de suite. Mais vous n'êtes jamais sérieux. Je sais bien que tout ça, c'est pour rire.

Jo : On peut rêver, Mme Irma, on peut rêver. Et Frédéric, ça va ? Toujours dans vos pieds ?

Mme Irma : Je préfère ne pas trop en parler, vous savez. Les fils, ils finissent toujours par ressembler à leur père. C'est tout dire. Et mon Frédéric, c'est pour le pire. Déjà que son père, je n'en dirai pas plus. Mais vous, votre père, monsieur Jo, ça, c'était un homme. Dommage que vous l'ayez si peu connu.

Tom : Un homme, petite Lulu. Il te faut un homme, c'est évident. Qu'est-ce que tu dis de ça ?

Lulu : Je dis que tu vas droit au but.

Tom : Je suis comme ça. Le bon temps, c'est le bon temps, il faut le prendre. Il n'y a tout de même pas que les pigeons qui y ont droit. Bon, proposition : je reviens demain, je dois revoir Jo - c'est tout bon aussi, ses nouveaux tableaux - ; si tu veux, je vous prendrai, toi et tes valises. Et, surtout sois là quand j'arrive, petite Lulu. Parce que je ne resterai pas longtemps. Pas que ça à faire.

Lulu : Avec moi, tu devras faire à l'aise.

Tom : Avec toi, je ne vais pas m'ennuyer.

Yvette : Au revoir, Tom.

Lulu : L'orang-outan était emballé. Sans effort. Je déteste les efforts.

Yvette : Pour Tom, ma très humble personne n'existait évidemment pas. Tom, un jour, je lui glisserai un petit morceau de verre dans sa tasse de café. Juste quand il sera en train de se moucher.

Albert : Je me suis rué sur mon manuscrit. La réflexion d'Yvette m'avait subitement rappelé une vieille histoire. Une assiette qui avait glissé un jour de mes mains et s'était fracassée contre le sol. Ma copine de l'époque avait marché pieds nus sur un morceau qu'on n'avait pas balayé. Ça c'était infecté. Et, bien sûr, jusqu'à la gangrène.

Alex : Christiane est revenue au manège. J'ai proposé de l'accompagner, elle a refusé. Quand elle est rentrée, deux heures après, j'ai bien vu qu'elle pleurait. "Christiane, qu'est-ce que tu attends ?" Elle m'a regardé d'un air absent. "Qu'est-ce que tu attends ?", j'ai répété. "Tout est pour toi, ici. Ne t'occupe plus des autres, à quoi bon les autres ?" Bon, ce ne serait pas encore pour cette fois-ci.

Christiane *(pour elle-même)* : Il suffirait que plus rien ne bouge. Le monde qui s'arrête et reste immobile. Je ne demande même pas qu'on revienne en arrière. Non, simplement, que plus rien ne bouge. Je tiendrais la main de Tom et je tiendrais la main de Jo.

Lulu : Catherine a haussé les épaules. "Ah bon, tu pars déjà ? Avec Tom ?" Et elle m'a tourné le dos.

Christiane : Oh non, Tom ! Pas avec celle-là, tout de même.

Tom : Et pourquoi pas ?

Christiane : Une hypocrite. Une petite arriviste. Elle veut ton argent, c'est tout. Mais Tom, comment peux-tu ? Quand je pense à tous mes pâtisseries qu'elle a mangées ! J'avais tant espéré, Tom, tant espéré toutes ces années...

Tom : Si une femme se donne à moi, je prends. Ce n'est pas plus compliqué que ça.

Christiane : Alors, prends-moi.

Tom : Non, Christiane, pas toi.

Christiane : Et pourquoi ? Ce n'est pas plus compliqué que ça.

Tom : Toi, c'est différent. Toi, tu es Christiane. Tu es comme ma soeur. Si on faisait ça, plus rien ne serait pareil entre nous.

Christiane : Est-ce que tu ne comprends donc rien ?

Tom : Je comprends trop bien, justement. C'est non, Christiane. Toi colombe et moi pigeon, c'est non.

Christiane : Je te déteste, tu me fais horreur.

Tom : Mais tout ça pour quoi, bon Dieu ?

Christiane : On était si bien, Tom, on était si bien. Pourquoi voulez-vous toujours tout changer ?

Tom : Lulu me plaît. Qu'est-ce que ça change ?

Christiane : Je veux que tu quittes cette maison. Je ne veux plus jamais te voir.

Tom : On ne s'emballe pas trop vite. J'ai un acquéreur en vue pour la nouvelle série de Jo. Il va payer cher. Tu entends ça, petite tête ? Il n'y a pas que l'amour dans la vie.

Yvette : La case noire, on y était. Je n'avais jamais vu Christiane dans un tel état. Une cruche cassée, ma soeur, rien d'autre.

Jo : J'ai trouvé Christiane qui pleurait dans la cuisine. Il y avait une terrible odeur de brûlé. Un gâteau noircissait dans le four de la cuisinière. Avant qu'elle ait pu dire quoi que ce soit, j'ai dit : "Je suis d'accord avec toi, Tom ne remettra plus les pieds ici."

Christiane : Mais Jo... Mais l'argent, Jo, les tableaux qu'il peut vendre.

Jo : Le fric, je m'en fous. Si tu trouves qu'on manque de fric, joue aux courses. Tu dois tout de même t'y connaître un peu. Ou fais du concours hippique, le cher Alex ne demandera qu'à t'aider.

Christiane : Mais Jo, tu ne vois donc pas que tout s'écroule ?

Jo : Moi, la peinture, c'est fini. C'est fini, tu peux comprendre ça une fois pour toutes ?

Catherine : Et moi, qu'est-ce que je vais faire sans Lulu ? Lulu, c'était ma soeur, c'était mon envers. J'ai perdu mon ombre, Jo ! Qu'est-ce que je vais faire sans mon ombre ? Je n'oserai plus aller dans la lumière. Lulu, je lui confiais tout. Toi, c'est à peine si tu m'écoutes. Pourquoi ne me demandes-tu jamais ce que j'ai fait pendant notre séparation ?

Christiane (*pour elle même, en contrepoint*) : Qu'est-ce qu'on s'était raconté depuis toujours, Tom ? Qu'on était de grands amis. Que tu me soutenais. Il y avait Jo et il y avait toi. Il y avait Jo, parce qu'il y avait toi, tu comprends ? Maintenant il n'y aura plus rien.

Catherine : J'ai voyagé. De coeur en coeur. Le plaisir de détruire. Parfois, Jo, ça me prenait comme une rage. Un homme d'affaires, pour moi, a voulu divorcer sur le champ. Sa femme s'est suicidée. Le soir même, j'étais dans ses bras. Et, d'un seul coup, je lui ai dit : "Non, je ne t'épouse plus." Il s'est suicidé lui aussi.

Jo : Ça y est, Catherine se remettait à déclamer. J'ai repensé à la phrase de Christiane : "Tu ne vois donc pas que que tout s'écroule ?"

Catherine : Parce que tu ne crois pas à l'efficacité de mes armes ? Moi, j'y crois, Jo.

Albert : Elle est même venue me raconter ça, à moi aussi. J'étais couché sur mon lit. Elle n'a même pas frappé, elle a poussé la porte. "C'est moi." "Entre, si tu veux", j'ai dit. Elle est entrée, elle est venue s'asseoir presque contre moi.

Catherine : Moi aussi, Albert, je peux porter la guigne. Tomson, il s'appellait cet homme d'affaire. Tu n'as pas lu les journaux ?

Albert : Elle m'a caressé le menton. Je me rappelle que j'avais une barbe de plusieurs jours. Sa main s'égarait. J'ai dit : "Fais gaffe. Jo est mon copain." "Justement", elle a dit. J'ai sauté du lit. "Catherine, ne reste pas. Fais-moi plaisir, ne reste pas." Elle a ri. D'un rire à damner tous les saints. "Catherine, si tu ne sors pas, c'est moi qui sors." "Okay, okay. Okay mambo", elle a dit. Elle m'a embrassé, elle est sortie en souriant. "Demain, je me barre", j'ai pensé.

Yvette : Trop tard, Albert, trop tard pour te barrer. D'ailleurs, tu le savais bien.

Catherine : Et puis, j'ai posé pour des peintres, Jo. Ils m'ont offert ce que tu m'avais refusé. J'ai posé nue, Jo.

Jo : Elle mentait, c'est sûr.

Catherine : Pourquoi je mentirais ? Avant de te connaître, j'étais déjà modèle. Il n'y a que toi qui ne veux pas faire mon portrait, Jo.

Jo : Laisse-moi avec ça, Catherine.

Catherine : Les autres peintres, ils appréciaient. Beaucoup. Tu veux savoir ? Jo, quand je parle de moi, je parle d'une étrangère. Il y a un mur là-dedans. Et ce qu'il y a derrière ce mur, aujourd'hui, je ne le sais plus. Tu trouves aussi qu'il vaudrait mieux que je me taise ?

Jo : Et elle a repris ce sourire étrange qui la rendait inaccessible. Et ce regard un peu plus fixe qu'elle avait parfois.

Tom : J'ai voulu téléphoner à Christiane, elle a raccroché aussi sec. Bien, très bien, très très bien ! Pas que ça à faire. Et tant pis si Jo, je le plaçais sans problème. Et que j'ai horreur de perdre un créneau. Avec la Lulu ? Vous voulez vraiment savoir ? Trois jours de bon temps, tout de même. Seulement voilà, le troisième soir, plus de Lulu. Plus rien qu'un bout de papier : "Plus tard, je repenserai à cette rencontre. Elle sera comme une fleur dans ma mémoire. Une fleur à laquelle je sourirai. Mon beau Tom, tu fais partie du petit bouquet de ma vie." Le petit bouquet de sa vie ! Ce soir-là, je lui avais ramené douze douzaines de roses. Un grand bouquet, ça, non ? Et dans ma poche, il y avait deux billets d'avion pour Venise. Ah oui, en partant, elle m'a piqué du pognon. Beaucoup. La garce. Ce n'est pas demain que je deviendrai colombophile.

Jo : Une nuit, Catherine s'est levée, elle est montée sur le toit. Je l'ai suivie, je n'ai pas osé l'appeler, j'ai cru qu'elle était somnambule. Elle s'est assise sur le bord de la corniche. Elle chantonnait. Je me suis approché en silence. Jusqu'à ce que je puisse la retenir.

Catherine : Jo !

Jo : Mais Catherine, tu es folle, qu'est-ce que tu fais là ! Pourquoi si près du vide ?

Catherine : Jo, je regardais la nuit.

Jo : Rentre, je t'en prie, ne reste pas là.

Catherine : Ça ne change rien, Jo. Le vide il est partout. Il est partout, Jo.

Albert : Catherine l'avait suivie sans protester. Mais sans écouter ses protestations à lui. Un autre soir, j'ai vu Jo qui pleurait presque. Il tournait en rond, il donnait des coups de pieds dans les murs. Impossible de le calmer, de le raisonner. Ou de parler d'autre chose. J'aurais voulu lui parler d'Yvette, pourtant. D'Yvette et moi.

Jo : Je ne comprends plus Catherine. Je ne comprends plus ce qui se passe. Tu as vu ses yeux, parfois ? Elle est comme une aveugle. Elle se heurte aux meubles. Elle est comme un fantôme. Un fantôme avec un corps magnifique, c'est ridicule. Un corps magnifique et des lèvres brûlantes. Quand elle les donnait.

Lulu : Je pense souvent à toi, Catherine. Qu'est-ce que tu avais été chercher là ? A quoi bon s'acharner sur des rêves et des mirages ? La vie, c'est bien plus simple. Tu te baisses et tu la ramasses. Et quand il n'y a rien à ramasser, tu te reposes. Tom ? Comme je l'avais dit. Trois jours, c'est ma dose.

Albert : Le lendemain, pourtant, changement de programme complet. Jo est descendu avec de grosses valises.

Catherine : Avec Jo, nous allons partir, là-bas, très loin. J'ai rêvé d'un grand feu, d'un feu merveilleux. Jo et moi, nous dansions autour de ce feu, nous sautions au-dessus de lui, nous embrassions les flammes. Maintenant je ne tiens plus en place, je veux qu'on parte. Tout de suite.

Christiane : Mais ton travail, Jo ? Mais la maison ? Mais nous ? Mais moi ?

Jo : Plus tard, après, dans une autre vie ! Christiane, je suis fou de joie. Regarde comme Catherine est heureuse.

Et belle, si belle ! Elle m'a serré contre elle toute la nuit. Depuis son retour, elle refusait. Elle veut un enfant. Pourquoi pas un enfant ?

Christiane : Mais qu'est-ce qu'on va faire sans vous ? Mais vous revenez quand ?

Jo : Yvette, à toi aussi, je souhaite tout le bonheur du monde.

Yvette : Voilà mon frère Jo qui m'adressait la parole. Mince alors ! Il devait trouver le moment fameusement solennel.

Christiane : Fais attention à toi, Jo. Je sais ce que je dis.

Alex : Par hasard, j'étais à deux pas de la maison. Par hasard ? Enfin... Je les ai vus sortir tous les deux. Catherine portait une drôle de robe, plutôt comique. Une sorte de dentelle ajourée. Catherine a crié : "Je conduis, je conduis !" "Non laisse-moi", a dit Jo, "tu vois bien, tu es trop excitée !" Catherine a répété d'une voix suraiguë : "Je conduis, je conduis !" Elle lui a arraché les clés. La voiture a démarré en trombe.

6.

Mme Irma : J'ai couru aux urgences. Vous savez, c'est moi qu'on a prévenue la première. Il paraît que leur téléphone était en dérangement, alors, on m'a appelée : "Vous habitez tout près, voulez-vous bien les prévenir de l'accident ?" Mais je ne les ai pas prévenus, j'ai tout de suite couru aux urgences. On m'avait dit que Jo respirait encore. Mais on avait ajouté : "Il n'y a plus beaucoup d'espoir." Mon gentil petit Jo ! C'est elle qui l'a tué, j'en suis sûre. Elle était folle, elles sont toutes folles, aujourd'hui. Elles ont des yeux trop grands, elles font tout à l'envers, si elles le pouvaient, elles danseraient sur la tête. Et celle-là était encore plus folle que les autres. Le jour où j'ai vu qu'elle était revenue, j'ai pleuré. Parce que j'ai compris que ça finirait comme ça. La guenon de mon

Frédéric, elle, au moins, elle ne reviendra plus. Il paraît qu'elle s'est mariée avec un militaire et qu'elle est enceinte. Bon débarras. D'ailleurs, si elle revient, je la tue. Mon Frédéric, depuis, ne m'adresse plus la parole. Une voisine m'a dit qu'il a une nouvelle amie mais il ne la ramène jamais à la maison. C'est mieux comme ça. Autant que je ne voie pas qui c'est, je m'attends au pire. Bon Dieu, si c'était Jo qui avait été mon fils ! J'ai tellement aimé ton père, mon petit Jo.

Christiane : Jo est mort ! Jo est mort ! Catherine l'a tué ! Je le sais, je l'ai vu, j'ai tout compris ! Pourquoi est-ce qu'on nous a prévenus si tard ? J'aurais dû les empêcher de partir, c'est sûr !

Albert : Je sais ce que vous allez dire. Vous allez dire : "Normal, non ? Tu étais là, ça devait arriver." Oui, vous allez dire ça. Eh bien, vous vous trompez. Parce que mon livre est terminé. Et que toute la guigne que j'ai pu porter, je l'ai racontée dedans, en long et en large. Maintenant, c'est terminé. L'accident de Jo et Catherine n'est pas raconté dans mon livre. Et il ne le sera pas. Ce qui leur est arrivé, je n'y suis pour rien.

Christiane : Elle a tué Jo. Je le sais. Elle l'a voulu et elle a tué Jo.

Alex : L'accident a eu lieu au même endroit que celui provoqué par Jo quelques mois plus tôt. Une coïncidence, comme on dit. Moi, je ne cherche pas trop à savoir. Il y a des portes qu'il vaut mieux laisser fermées. Ces deux-là avaient tout pour eux. Mais ils regardaient la vie comme ils regardaient leurs semblables. Avec dédain, de trop haut. Ça finit par donner le vertige.

Yvette : La veille de leur départ, Catherine est entrée dans ma chambre. Elle était sereine et souriante. Comme si l'étrangeté qui de plus en plus l'habitait brusquement s'était dissipée. Elle m'a pris les mains, elle m'a dit, comme elle disait parfois : "Regarde-moi dans les yeux."

Catherine *(en flash-back)* : J'ai tellement besoin d'être heureuse, Yvette. De tout recommencer. J'ai tellement envie de vivre. Avec Jo on va partir. J'étouffe ici, j'étouffe. La maison des collines est maléfique.

Christiane : Elle a osé dire ça !

Yvette : Elle ne s'est pas trompée.

Christiane : Tu oses dire ça, toi aussi ? Tais-toi, Yvette. Comme je voudrais que tu te taises une fois pour toutes !

Yvette : Non, Christiane, aujourd'hui, je ne me tais plus. Fini, la petite Yvette dans son coin. Celle que l'on oublie avec un morceau de gâteau dans la main.

Christiane : Est-ce que tu sais tout ce que j'ai fait pour toi ? Est-ce que tu ne comprends pas que j'ai sacrifié ma vie ? Qui a tenu cette maison tant d'années ? Pour vous. Pour toi, Yvette.

Yvette : Pour m'étouffer. Pour me garder clouée dans ma chaise.

Christiane : Toutes ces années où nous avons vécu ici tous les trois. Où nous avons vécu heureux. Presque heureux.

Yvette : Toutes ces années perdues, Christiane. Où je n'ai pas existé. J'étais sans ailes.

Christiane : Ta maladie, qu'est-ce que j'y peux ? Je me suis tant occupée de toi !

Yvette : Ce n'est pas de ma maladie qu'il est question. Tu le sais bien. Seulement regarde, Christiane, maintenant, je vole. Je vole, Christiane ! Tu ne le vois pas ? Tu ne vois pas comme je suis belle ?

Christiane : Mais qu'est-ce que tu racontes ? Tu deviens folle ? Tu ne te sens pas bien ? Tu as pris ta température, au moins ?

Yvette : Albert et moi, on se marie. Albert et moi, on s'en va.

Christiane : Albert et toi ? Mais pourquoi ? Mais quel mariage ? Mais où allez-vous ? Mais, Yvette, tu as besoin de moi. Du matin au soir, tu as besoin de moi. Albert ! Tu ne dis rien ! Albert, je t'ai accueilli ici. Je t'ai accueilli à bras ouverts. Albert, tu ne vas tout de même pas partir ? Je viens de faire un gâteau aux framboises.

Albert : Yvette, au moins, elle ne se mettra pas à courir comme une dératée. Pas de risque de crise cardiaque. J'ai des billets d'avion, on part pour le Sud. Observer les oiseaux migrateurs dans une réserve naturelle. Adios.

Christiane : Mais vous n'avez pas d'argent.

Albert : Mon livre va paraître. On parle déjà d'en faire un téléfilm. "Le bousilleur", il paraît que c'est un titre accrocheur.

Alex : Tout s'est précipité. Yvette et Albert sont partis le lendemain de l'enterrement. Christiane est tombée malade. Quelques jours plus tard, on a dû la transporter dans une clinique. Elle était criblée de dettes, elle ne pouvait plus faire face. Il fallait vendre la maison des collines.

Tom : A l'enterrement, j'ai voulu parler à Christiane. Elle s'est détournée. J'étais toujours un pestiféré ? Elle était tombée sur sa petite tête ou quoi ? Voilà bien la manière des pigeons crotteux. Elle ne voulait pas me parler, elle ne voulait pas me voir ? Bien, très bien, très très bien ! Pas que ça à faire. Tout de même, j'ai été honnête, grand seigneur, même. J'avais encore quelques tableaux de Jo, j'ai pu les vendre, j'ai envoyé l'argent à Christiane. Pourquoi j'ai fait ça ? Elle ne m'a même pas répondu. Puis, j'ai appris qu'on allait vendre la maison des collines.

Alex : Et j'ai appris que l'ancien agent de Jo était acquéreur.

Tom : Un bon placement, une bonne affaire. J'ai tout de suite eu des projets sur la baraque. Faire disparaître toutes ses vieilleries. La transformer de fond en comble. Et en faire un grand hôtel de luxe pour vacanciers. Puis, j'ai appris que quelqu'un du coin était candidat à l'achat, lui aussi.

Alex : J'ai fait monter les enchères jusqu'à ce que je l'emporte. Toutes mes réserves y sont passées.

Tom : Un fou ! A ce prix-là, j'ai laissé tombé.

Albert : Pauvres Catherine et Jo ! Quel accident stupide ! Certains meurent, d'autres se remettent à vivre. C'est compliqué, tout ça, pas vrai ? C'est comme ce qui était encore arrivé à mon père à cause de moi. L'histoire incroyable et phénoménale que personne ne voulait écouter. Il est grand temps que je vous la raconte. Je ne l'ai pas encore dit mais mon père travaillait à la morgue. Un boulot comme un autre, après tout. D'ailleurs, il ne détestait pas ça ; un travail calme, disait-il. Un jour, je suis tombé malade et mon père a dû rester à la maison pour me soigner. Puisque, comme je l'ai déjà dit, ma mère s'était envolée. Mon père était furieux : "A cause de toi, j'ai dû m'arranger avec un collègue. Il me remplace aujourd'hui et moi, je dois le remplacer demain. Et demain, je voulais faire le concours de pêche." Même si ma mère était partie, la pêche, ça le mordait toujours autant. Et c'est comme ça que je lui ai porté la guigne, la guigne fatale, à mon pauvre père. A cause de cette interversion des jours de travail. Parce que, le lendemain, c'est lui qui a ouvert la chambre froide de la morgue. Et, dans la chambre froide, un mort venait de se redresser et attendait impatiemment qu'on vienne ouvrir. C'était, plus exactement, quelqu'un qu'on avait déclaré mort un peu vite. Puisque le froid de la chambre froide l'avait réveillé. Mais quand mon père l'a vu, il s'est tellement saisi qu'il est mort sur le coup. Et voilà, c'est comme je disais. Certains meurent, d'autres se remettent à vivre.

Alex : Demain, j'irai voir Christiane à la clinique. Je lui annoncerai que c'est moi qui ai racheté la maison. Demain, demain, demain, j'irai voir Christiane à la clinique. Et, tout simplement, je lui demanderai : "Ça ne te plairait pas, le manège, tout ça...?"

Lulu : Un jour, j'ai croisé Tom. Vous vous souvenez de Tom ? Mais oui, le bel orang-outan. C'était, je crois, lors d'un vernissage, une exposition quelconque. Quand je suis passée près de lui, il m'a montrée du doigt.

Tom : C'est quoi, celle-là ?

Lulu : Mais je suis sûre qu'il a dit ça, parce qu'il savait que je l'entendais.

(La lumière baisse. On entend Yvette reprendre la chanson du début)

Fin

Lansman Editeur-Diffuseur

63, rue Royale B-7141 Carnières-Morlanwelz (Belgique)
Téléphone (32-64) 44 75 11 - Fax/Télécopie (32-64) 44 31 02
E-mail : lansman.promthea@gate71.be
http://www.gate71.be/~lansman

A *l'ombre du vent*
est le deux cent seizième ouvrage
publié aux éditions Lansman
et le trente-cinquième
de la collection "Nocturnes Théâtre"

320 FB - 55 FF
(Toutes taxes comprises)
ISBN 2-87282-215-1

Diffusion et/ou distribution au 1/3/98
Contacter l'éditeur
Vente en librairie et par correspondance

Les éditions Lansman bénéficient du soutien
de la Communauté Française de Belgique
(Direction du Livre et des Lettres),
de l'Asbl Promotion Théâtre et de la

Société des Auteurs
et Compositeurs Dramatiques

Achevé d'imprimer par l'imprimerie Daune à Morlanwelz
Dépôt légal : mars 1998